다정한 연결

다정한 연결

나와 당신을 살게 하는
소리 없는 다정함의 기록

안미선 지음

산지니

들어가며

생각해보니 기억 속의 순간들이 반짝였다. 햇빛 속에서, 다른 사람의 눈빛 속에서, 다가오는 웃음 속에서, 건네는 말마디에서 반짝이는 시간이 비롯했다. 때때로 다가와 따뜻이 마음을 품어주던 힘을 생각한다. 기억 속의 빛은 언제나 지금의 어둠을 비춰준다. 어둠 속에 둥둥 떠 있던 걸음이 마침내 땅에 착 붙으며 발바닥에 실뿌리가 자라나듯 느껴질 때가 있다. 그 빛의 온기 때문이다. 따뜻함을 전해 받으면 마음이 아프지 않고 모든 풍경이 온전하게 눈에 들어온다.

눈앞에 있는 한 그루 나무는 자리를 지키고 흔들리면서 살아내려고 애쓰고 있다. 자신을 단정하게 꾸미고 하루씩 생활을 채워가며 종종걸음치는 이웃도 꿋꿋이 살아가고 있다. 반듯하게 세워진 오래된 집들도 나란히 골목에 줄지어 서서 그림자를 거느리고 있다. 아무도 혼자만 외롭다고 말하지 않으면서, 자신의 갈 길을 걸어가는 것들이 있다. 몸을 단단한 바닥에 붙인 것들을 바라본다. 피어나고 살아가고 자리를 지키는 것들을 보면서 그 모습을 따라해본다. 그들과 마찬가지로 피어나고 살아가고 지켜보려고 해본다. 이 땅에 발을 붙이고 있는 것들은 모두 연결되어 있다고 생각해본다.

빈방에서 혼자라고 생각하는 건 쓸쓸한 일이다. 그 속에서 슬픔과 분노가 자라난다. 볼 수 있는 것이 없을 때, 사람은 가난한 마음속으로 파고든다. 오해의 씨앗이 그 속에서 자라난다. 남들과 경쟁하고 각자도생해 이겨야 한다는 생각은 나와 남이 다른 존재라고 여겨지게 한다. 그다음에 혐오감과 적대감이 일어나는 건 쉬운 일이다. 자신이 어디로 가는지 알 수 없을 때 타인을 손쉽게 미워하게 된다.

그래서 밖으로 나와 무언가를 보면서 걸어야 한다. 다가오는 것과 시선을 마주치며 걸어가야 한다. 다른 이의 눈빛은 거울이 되어 비로소 나를 보여준다. 나의 웃음과 울음이 다른 사람의 웃음과 울음으로 전해져 되돌아온다. 다른 이들이 어느 곳으로 걷는지 바라보면 내가 걷는 곳이 어디인지도 알 수 있다. 어떤 사람은 용감하게, 어떤 사람은 머뭇거리며 걸어가지만, 누구나 곁에 함께 걸어갈 이들의 자리를 그리워하며 걷는다. 어떨 때는 다른 이의 곁으로 가는 길이 자신의 걸음의 목적지가 될 수도 있다. 곁으로 가는 걸음은 용감한 걸음이다. 다가오는 곁을 환대하는 웃음은 커다란 웃음이다.

길에서 세상의 풍경을 본다. 아이가 민들레 꽃을 가만한 손길로 쓰다듬는다. 분홍색 풍선이 하늘 높이 띄워진다. 벤치에 앉아 책장을 열심히 넘기는 손길도 보인다. 서로 손을 잡고 산책하는 이들의 표정도 밝다.

누군가의 마음이 닿은 자리는 다른 자리가 된다. 기억의 빛 속에서 빈 꽃대에는 꽃이 피고, 쭈그러진 풍선은 다시 부풀어 오른다. 세상의 이야기를 담은 책장은 계속 넘겨지고, 손을 잡고 이야기하는 시간은 이어진다. 곁에 머무른 이들은 되살아나는 시간 속에서 함께 꿈꾸면서 걸음을 온전히 되찾은 세상의 동행으로 남게 된다.

삶의 온기를 기꺼이 나누면서 사랑하며 살자고, 포기하지 않고 계속 시도하는 이들이 있다. 작은 사람들의 일상을 지키고 이웃과 함께하는 이들이 품은 이야기는 웅숭깊다. 세상의 변화는 이렇게 작지만 연결된 것들에서 비롯한다. 자신을 놓지 않고 사랑하는 법에 대해서 생각한다. 이웃을 지켜나가고자 하는 노력이 모여 만든 새로운 지도를 그려본다. 살아갈 자리를 애써 마련해낸 애달프고 위대한 노력을 생각한다. 지금도 새롭게 시작되는 것들과 우리가 하나씩 세워졌을 때 떠받쳐준 보이지 않는 힘들을 생각한다.

식물이 언제나 빛을 그리며 줄기를 뻗는 것처럼, 가느다란 냇물이 강물을 향해 흘러가는 것처럼 사람이 사람에게로 걸어가고, 말은 서로를 이어준다. 우리가 할 수 있는 일은 서로를 바라보고 따뜻하게 눈인사를 건네고, 손을 잡아 온기를 나누는 일이다. 떨어진 몸과 몸이 만나고 부서진 마음과 마음이 다가간다. 가진 모든 힘을 다해 다정한 인사를 건넨다. "당신과 연결되면서 나는 살고 싶습니다." 그렇게 고백하면서 다시 걸어간다. 오래된 발자국이 포개진 자리에 새로운 발자국을 내며 서로의 곁으로 걸어간다. 다정한 연결이 우리를 이곳에서 살게 해줄 것이다. 처음처럼, 지금도, 언젠가도 반드시. 우리를 또 다른 세상에 가닿게 할 것이다.

○ 차례 ○

들어가며 5

1장 **여자들이 함께 걸을 때**

길에 숨은 인사 15

글을 쓰는 여자들 20

돌봄이 있는 명절 25

면접에서 말하지 않는 것 30

어머니가 된다는 것 35

사랑은 잘 있어요 40

2장 **그 여자들의 말이 들릴 때**

커트의 시간 49

그 여자의 방 55

싸우는 여자들이 있다 60

여자의 책 읽기 67

카미유 클로델의 편지 73

빛이 된 사람 80

3장 **소수자의 말이 이어질 때**
당신과 나는 친구입니까? 89
나는 이방인이 아니다 94
내일을 함께하는 꿈 100
휠체어 위에서 말 걸다 105
청계천의 만찬 109
하수구에 핀 세 잎 클로버 114

4장 **눈물이 빛으로 연결될 때**
이웃이 이름을 불렀다 123
우리에게 질문하는 교실 128
호박 속에 담긴 웃음 133
바다 위의 불빛 138
그 후를 듣는 일 143
희망의 시작 149

5장 **어머니와 딸의 언어가 연결될 때**
어머니의 다정한 선물 157
조각보가 이어지는 자리 162
어머니와 딸의 특별한 인터뷰 167
사랑하므로 이야기해준다 171
할머니가 호랑이를 만났다 176
깨꽃이 말한다 181

6장 **기억이 눈빛으로 이어질 때**

골목 안 빛나는 풍경 189
그해, 별들의 감옥 194
당신의 사투리는 무엇입니까? 199
새로 쓰는 단어장 204
녹색병원에서 본 웃음 209
그 나무의 눈빛 214

7장 **작은 영혼들이 서로 연결될 때**

리어카 손잡이에 걸린 얼굴 221
맥주를 만드는 시간 226
돌아오기 위해 떠나는 여행 231
동네 도서관이 좋은 이유 236
그 생명이 내 안에서 241
빌뱅이 언덕의 눈물 247

1장

여자들이 함께 걸을 때

길에
숨은 인사

그 집에 들어갔더니 개가 먼저 달려 나왔다. 낯선 이를 보고 개는 짖었다. "괜찮아, 괜찮아." 뒤에서 주인이 나와 개를 안았다. 나보고 안방으로 들어오라고 했다. 반지하 방의 유일한 창에는 커튼이 드리워져 있었다. 행거와 상 하나가 있을 뿐, 살림은 눈에 띄지 않았다. 그는 자신이 요리를 잘한다고 큰소리쳤지만 냉장고는 비어 있었다. 바닥에 사료를 담은 접시가 보였다. 그는 밖에 거의 나가지 않는다고 했고 개를 쓰다듬으며 앉아 있었다. 건강이 좋지 않다고 했다.

병원에 갔을 때 의사가 어떻게 지내냐고 물었다. "저는 개만 있으면 돼요. 개하고 지낼 수 있으면 다른 건 다 괜찮아요." 그가 대답했다. 의사가 한숨을 쉬며 말했다. "개가 오래 살아야 할 텐데……." 나는 1인 가구의 이야기를 들으려고 그를 만났다. 산책을 하지 않느냐는 물음에 그가 대답했다. "사람들이 말을 붙이는 게 싫어서요. 개를 데리고 나가면 이런저런 말을 붙이는데 그게 싫어서 집에만 있어요. 아무 말도 하고 싶지 않아요." 이전의 젊을 때 사진을 보여준다. 단발머리에 화장을 하고 활짝 웃고 있는 건강한 모습이다. 내가 멋지다고 하자 그가 "예뻤죠? 이젠 그렇지 않아요." 하면서 고개를 저었다. 지금 사진은 없다고 했다.

나는 집 주변으로 산책을 나갔다. 지하철역 가까이 숲길이 조성되어 있다. 계절에 따라 모습이 변하는 미루나무와 계수나무, 부들과 억새를 보며 걷는다. 한편에 물줄기도 흘러간다. 혼자 길을 걷다 보면 이런저런 말들이 들려온다. 한번은 벤치에 앉아 구름을 보는데, 맞은편 벤치에 앉은 중년 둘이 쑥덕거렸다. "같이 다니는 게 재밌지. 혼자 다니면 처량하지." 나를 쳐다보며 하는 말이다. 시선이 마주치자 나는 그 이유 없는 경멸에 움찔했다. 단지 혼자 걷는다는 이유로 눈총을 준다. 같이 있는 그 사람들은 의기투합했다. 거침없이 남을 평가한다. 나는 비슷한 차림새로 붙어 앉은 그들이 낯설게 보인다.

이 길은 주민들의 산책로일 뿐 아니라 관광지이기도 해서 주말이면 잘 차려입은 친구들이나 연인들이 끼리

끼리 호젓하게 걸어 다닌다. 어느 날, 나이 든 여자 두 명이 벤치에 앉아 있는 걸 보았다. 그들은 다리를 쭉 뻗고 요구르트를 마시며 소리 높여 얘기했다. 지나가는 이들이 대놓고 눈살을 찌푸렸다. 시끄러운 말소리가 불편하게 들릴 수 있다. 하지만 한편 생각해본다. 주머니가 가볍고, 만날 수 있는 시간이 짧고, 속에 쌓인 답답함과 풀고 싶은 조급함이 크다면 그렇게 말할 수도 있지 않을까? 남들이 다 보더라도 돈이 들지 않는 자리에 주저앉아, 싼 음료수를 앞에 두고, 아픈 무릎은 돌 벤치 위에 뻗어놓고, 큰 소리로 웃고 얘기하며 이 순간을 만끽할 수 있지 않을까? 나는 그들을 두둔하고 싶었다.

혼자인 여자, 나이 든 여자, 볼품없는 여자는 쉽게 무시당하고 놀림감이 될 수 있다. 사람은 때로 잔인해진다. 자기가 생각한 틀에 어긋난다고 여겼을 때, 자기보다 못한 이라고 계산했을 때, 차별해도 되는 사람이라고 판단했을 때, 자기보다 약하다고 느껴질 때, 사람은 상대에게 잔인해진다.

나는 날마다 걷는다. 좁은 집을 나와 새로 돋는 풀을 본다. 날아가는 새를 보고 바람에 흔들리는 나무를 본다. 가까운 산책로를 포기할 수 없다. 혼자 걷는 여자인 내가 남의 눈에 어떻게 비칠지, 어떤 생각을 불러일으킬지 신경이 쓰이지만 모른 척하고 걷기로 했다. "나는 걷는 것이 나를 머릿속을 떠나 세상으로 나오게 하기에 좋아한다. 걷기는 내가 삶에 참여할 수 있는 가장 확실한 방법이고 내가 할 수 있는 최선이다." 『걷는 여자』에 나오는 글귀다.

나는 이른 새벽이나 평일 저녁같이 행인이 뜸할 때 숲길에 산책을 나갈 때가 있다. 밤하늘에 뜬 반달도 보고 깜박이는 별도 올려다본다. 그날, 한 나이 든 여성이 개를 안고 우두커니 앉아 있는 걸 봤다. 아무래도 옆에 사람이 와서 말을 붙여주기를 기다리는 눈치다. 그 앞에는 목줄을 한 개들을 데리고 나와 서로 왁자지껄하게 인사하는 한 무리의 입성 좋은 사람들이 있었다. 그 여자는 그곳에 끼지 못하고 쳐다보기만 하면서 품 안에 안긴 개를 쓰다듬었다. 마침 한 노인이 그 옆에 앉았다. 또래 여성이 말동무로 생기자 그는 몹시 반가워했다. "우리 개한테는 아무도 인사를 안 해서요." 주눅 들고 '처량한' 주인이 하소연했다. "대신 내가 와서 인사하잖아요!" 처음 본 그 이웃은 따뜻하게 대꾸하며 개와 인사했다. 그새 정이 붙었다. 헤어질 때 개는 바닥에 앉아 꼬리를 계속 흔들었고 이웃은 몇 번이고 뒤돌아보며 어린아이한테 그러듯 손을 흔들고 또 흔들며 다정하게 인사말했다.

나는 그 여자를 떠올렸다. 빈방에 틀어박혀 밖에 나오지 않고 개와 함께 지내는 여자. 이제 아름답지 않아서 옛 사진만 들여다보며 눈물짓는 여자. 그도 이 길에 나와 같이 산책을 하면 좋겠다. 때로 낯모르는 이에게 마음을 베이듯 상처를 받더라도, 또다른 풍경이 길 위에 펼쳐져 있다. 어쩌면 다정한 말마디가 인사로 다가올지 모르고, 어떤 웃음이 기운을 북돋워줄지도 모른다. 이곳에 없는 사람들에게 건넬 수 있는 다정한 인사는, 이 길에 숨어 숨 쉬고 있는지 모른다. 이곳에 없을 거라고 그 여자가 판단한 어떤 다정함이 아직 살아 있을지 모른다. 우리는 길에서 이어지고 만남으로써 자신을 넘어설 수 있으니, 빈방의 그에게 나오라고 이제 손을 내밀고 싶다.

함께 읽을 책

걷는 여자 리지 스튜어트, 하얀콩 옮김, 숨쉬는책공장, 2022

글을 쓰는 여자들

글쓰기 수업을 하다 보면 자기 이야기를 쓰고 싶은 여자들을 만난다. 나는 "자신이 본 것, 들은 것, 느낀 것을 쓰면 된다"라고 말해 줬다. 누구나 자신의 일상이 있고 세상을 바라보는 시선이 있으니 쓸 수 있다고도 했다. 그런데 글을 쓰기 어렵다고 그들이 내게 말할 때가 있다. 일상을 있는 그대로 솔직하게 쓰는 일이 더 어렵다고 했다.

어떤 수강생은 자기가 즐겁게 잘 산다는 글을 써 와서 활기차게 읽었다. 그런데 이상하다. 이 글이 자신한테 불만족스럽다고 고백했다. 무슨 이야기를 더 하고 싶냐고 물었더니 묵묵하다. 그 얘기를 할 수 있을지 모르겠다고 했다. 다음에 써 온 글은 딴판의 글이었다. 큰 병에 걸렸는데 가족이 외면해서 외롭게 병원에 통원했다는 이야기였다. 차 안에서 혼자 엉엉 울던 시간에 대한 글이었다. 정말 힘들고 외로웠다고 했다. 하지만 자기만의 유일한 공간이었던 그 차 안이 좋았다고 했다. 그는 글을 읽다가도 울었다. 솔직한 글을 처음 써본다고 하면서, 앞으로 어디에 가면 이런 글을 계속 쓸 수 있냐고 절박하게 물었다.

어떤 수강생은 글은 쓰지 않고 계속 간식을 싸 와서 나눠줬다. 구운 달걀, 샌드위치, 수정과와 식혜…. 푸짐한 간식을 먹는 게 달갑지 않았다. 글을 쓸 과제는 회피하고 다른 일에 계속 열심히 신경을 쓰며 시간을 흘려보내는 게 눈에 들어왔다. 자신을 위한 글쓰기 수업에서마저 다른 이를 기쁘게 해주려고 애쓸 필요는 없다. 남의 인정이 자신에게 꼭 필요한 것도 아니다. 글감으로 '살면서 후회되는 일'이 나왔을 때 그가 머뭇대며 말했다. "착하게 살면 나중에 좋은 일 있을 거다. 그 말을 믿고 산 게 후회돼요. 살아 보니 좋은 일은 나중에 없더라고요." 그는 며느리로 아내로 최선을 다해 살았는데 남을 위해 일했을 뿐 아무 대가가 없었다고 했다. 환갑이 넘은 그는 자기 얘기를 직접 쓰기는 망설였다. 남들이 옆에서 글을 쓱쓱 써가는 사이 어찌할 바 모르고 시무룩하게 앉아 있기만 했다.

한 수강생은 자기 느낌을 꼭 쓸 필요가 있냐고 내게 따져 물었다. 그에게는 종교가 문제였다. 모든 걸 이해하고 나누고 사랑하면 되는 일인데 자기의 좋지 않은 마음까지 파헤쳐 쓰는 게 무슨 의미가 있냐고 물었다. 유명한 스님의 강연을 금과옥조로 여기는 이였다. 일상 속 스치는 생각이나 희로애락은 흘려보내는 게 마땅하다고 믿었다. 나는 그 안에 여자는 불평하지 말고 참고 인내하라는 성 역할 고정관념의 문제까지 담겨 있다고 생각했다. 이왕 여기까지 왔으니 글을 한번 써보라고 열심히 설득했다. 그가 망설이다 글을 한 편 써왔다. 남편에 대한 소심한 불평이 담긴 글이었다. 무관심한 남편 옆에서 완전히 혼자라고 느낀다고 썼다. 눈물을 참고 글을 다 읽어내었다. 다른 이들이 박수를 치자 신기한 경험을 했다는 듯 주변을 둘러보았다.

내가 아는 사람들도 그랬다. 살아온 얘기를 한번 써보라는 말에 다들 고개를 휘휘 내저었다. 좋지 않은 이야기를 썼다가 나중에 괜히 손가락질당한다고 말했다. 자신들은 힘든 일이 없었고 남들보다 훨씬 잘 살았다고 했다. 남들은 이전에 아기를 낳고 나서 남편이 집에 들어오지 않아 솥에 맹물을 설설 끓여 먹기도 했다는데 자기는 밥 세끼 다 먹었으니 할 말 없다고도 했다. 남들에게 얘기할 거리가 없다고 한다. 하지만 모든 사람에게는 자신만의 이야기가 있지 않은가! 고생한 이야기를 쓰라는 게 아니다. 자기가 보아온 세상을 써보라는 것이다.

물론 나도 언제나 고민한다. 할 수 있는 말과 할 수 없는 말 사이에서 기우뚱한다. "정말 쓰고 싶은 이야기가 있는데 써도 될지 모르겠다"라고 손을 들고 묻는 수강생 앞에서 나도 생각이 많아진다. 일, 가족, 섹슈얼리티, 관계……. 여성이 겪은 일에는 지뢰밭처럼 표현이 금지된 영역이 있다. 글과 세상 사이에 간극이 있다. 겪은 일이 다 글로 완성되는 것도 아니다.

문제는 여자의 경험을 폄하하고 여자의 작품을 얕잡아 보는 그릇된 풍조가 아직 남아 있는 것이다. 여자가 글을 쓰려면 집중력과 시간이 필요하고, 자신의 느낌이 가치 있다는 걸 끝까지 믿어야 한다. 그건 여자가 남을 위해 노동하고 존재해야 한다는 성 역할 고정관념과 배치된다. 성차별적 사회 속에서 자라난 여자가 스스로 자신의 느낌을 소중하게 여기려면 얼마나 오랜 시간 동안 분투해야 하는가. 가부장제 사회에서 여자는 침묵을 강요당하고 쉽게 놀림거리가 되고 심지어 거짓

말을 한다고 공격당했다. 여자가 느끼는 건 중요하지 않다고 낮춰 보고, 자기를 판단의 중심으로 삼고 멋대로 위계를 정해 품평하는 남성은 어디에나 있다. 존재할 권리를 빼앗기지 않고 자기 눈으로 세상을 보는 힘을 지키려면 여자는 지금보다 더욱더 자신과 다른 여자들을 옹호해야 한다.

나는 머뭇거리는 수강생들에게 큰 소리로 말했다. 할 수 있어요! 당신이 느낀 건 중요해요! 별것 아닌 건 없어요! 기억나는 건 그만한 가치가 있어서 지금까지 기억나는 거예요! 당신에게 중요한 걸 쓰세요! 지금 떠오르는 당신의 얘기를!

머리칼이 희끗한 팔순의 노인은 "하늘 아래 인(人)벌레처럼 살다 가는 건 싫어서 글을 쓴다"라고 했다. 나란히 앉아 고개를 숙여 자신의 삶을 떠올리며 흰 종이에 사각사각 글을 써내려가는 여자들을 보았다. 눈물이 나도록 아름다운 모습이었다.

함께 읽을 책

여자들이 글 못 쓰게 만드는 방법 조애나 러스, 박이은실 옮김, 낮은산, 2021

돌봄이 있는 명절

명절이 되어 어디로 갈까 하는 생각이 들었다. 여행을 가고 싶었지만 제주도 여행객이 20만 명이 넘었다는 뉴스(2022년)를 보고 가지 않는 편이 낫겠다고 생각했다. 유독 날도 추운데 설에는 눈도 내린단다. 마스크를 끼고 감염의 위험을 무릅쓰고 인파 속을 헤맬 자신도 없다. 여행도 의욕이 나야 가는 법인데 매사에 마음이 시큰둥해져 불편함을 무릅쓰고 집을 나서고 싶지 않다. 여기까지가 핑계다. 지금부터 집안의 사정이다. 건강이 잠깐 편치 않은 식구가 있어 돌보아야 했다. 세끼를 영양가 있게 차려 주고 병원도 때맞춰 가야 한다. 몸과 마음을 잘 살펴줘야 한다. 혼자 집안일도 해야 하고 장도 수시로 봐야 한다.

"명절을 어떻게 보내요?" 주변에 물어보았다. 형제자매와 단출히 식사를 한 끼 한다는 1인 가구가 있었고 여행을 훌쩍 떠난다는 이도 있었다. 시댁 어르신들이 돌아가셔서 친정에만 잠깐 들르거나 그마저 안 간다는 이도 있다. 떠들썩한 명절 풍경도 텔레비전 화면 속 먼 얘기일 뿐인 이들도 많다. 이전에 내가 만난 산재 노동자들은 명절이 되면 단체 사무실에 함께 모여 음식을 해서 나눠 먹었다. 같이 밥과 웃음을 나눌 때 산재 노동자들과 그 가족들은 가장 즐거워했다.

20대 여성 대부분과 30대 여성의 40%가 결혼을 하지 않는다고 한다. 명절 풍경도 바뀌었고 주고받는 인사말도 변했다. 이전엔 '가족들과 함께 평등 명절 만드세요' 같은 새해 인사 문자를 단체에서 받았는데 지금은 이런 식이다. "우리는 서로 돌봄을 주고받는 연결된 존재입니다. 돌봄은 모두가 함께하는 활동이자 책임입니다. 모두 돌봄 역량을 기르는 당당한 명절 보내시기 바랍니다." 지역의료사협에서 온 문자 내용이었다. '우리는 어디에서 누구를 만나 행복해질 수 있을까?' 그 질문은 '우리가 어디에 머물며 누구를 친구로서 선택하고 서로 돌보며 지켜낼 수 있을까?' 하는 질문과 같다.

자기만을 위한 소비나 '소확행'(소소하지만 확실한 행복), 사회관계망서비스(SNS)를 통한 자기 전시가 즐거움의 대명사처럼 여겨지는 시대다. 행복은 한 사람의 소유 속에 있는 게 아니라 사람들 사이의 관계와 연결 속에 있다. 『페미니스트 라이프스타일』을 읽으며 나는 행복의 가치를 현실의 분석 속에서 새롭게 강조하는 활기찬 목소리를 들었다. 줌마네*의 기획강좌 내용을 책으로 담은 것이라 술술 읽힌다. 입말로 쓴 책의 장점이 있다. 어려운 내용을 좀 더 쉽게 이해할 수 있게 저자가 풀어 말해준다. 또 감정이 실린 핵심 내용이 느껴져 저자가 강조하고 싶은 부분을 인간적으로 느낄 수 있다.

코로나 19와 기후위기, 전 세계적 재난에 인류가 대처하는 법 같은 주제는 이제 대부분이 공감할 내용이 되었다. 일상의 큰 변화 속에 피부에 가까이 와닿는 문제이기 때문이다. 에코페미니스트인 저자는 "재난은 물질 세계와 문화 세계에서의 인간 활동을 폭로한다"라는 말을 강의**에서 들려주었다. 이 시대에 우리가 어떤 삶의 방식을 선택하고 함께 살아남아야 하는지 명쾌하게 설명

* 여자들의 자립과 예술적 성장을 서로 돕기 위해 프로그램을 진행하며 여자들의 시선과 경험을 기록한 책과 영화를 제작한다.

** '기후위기에 대한 삶의 태도와 관점'. 『페미니스트 라이프스타일』 저자 초청 강연, 성미산마을회관, 2022.1.27.

한다. 에코페미니즘은 가부장제와 식민주의, 자본주의가 어떻게 약자와 다른 인종, 생명체를 말살하는지 통찰하고 새로운 대안 가치를 제시한다. 그는 "소외된 이들은 약자이지만 새로운 세계의 안내자가 될 이들이다"라고 밝혔다. 생명체의 요구와 이해관계로 이 세계와 존재의 취약성을 직시하며 관계성을 만들어가자고 했다. 이기적이고 소비적인 자아를 벗어나 서로 돌볼 수 있고 세상을 살려낼 수 있는 존재가 되자는 것이다.

책에는 정치경제학으로 살펴본 세대 간 갈등에 대한 분석이 예리하다. 또 한국 여성이 세대별로 처한 현실에 대한 지적은 구체적이어서 의미가 있다. 라이프스타일로서의 페미니즘은 "자신의 에너지를 누구와 무엇을 모색하며 어떤 희망과 목적을 갖기 위해서 만들어낼 것인가에 대한 윤리적 입장이다. 그리고 무엇이 중요한 일, 기쁜 일인지에 대한 '참조 체계'를 바꾸는 과정이기도 하다." 이 책을 읽으면 제각기 자신의 삶을 표현할 벼린 말 한마디씩 얻을 수 있겠다. 또한 마음 깊숙이 숨은 비교의식에서 벗어나 한 발짝 세상으로 나아갈 힘도 얻을 것이다.

나의 명절 계획은 이렇게 풀렸다. 일단 돌봐야 할 이

를 지키며 집에 머물기로 했다. 대신 연락이 뜸한 친구들에게 열심히 새해 인사 문자를 보냈다. 답들이 온다. 고양이와 사는 친구는 직장에 코로나 19 확진자가 생겨 집에 심심하게 머물고 있었다. 싱글맘 친구는 혼자 씩씩하게 아이들과 설을 나려는 참이다. 한 친구는 명절에 시댁에서 종일 전을 부친다며 저녁에 짬을 내어 잠깐 얼굴 보고 차 한잔 하자고 한다. 생각보다 풍성한 답들이다. 그 우연과 활기를 즐기며 사람들과 서로 돌보며 만나가면 되겠다.

함께 읽을 책

페미니스트 라이프스타일 김현미, 반비, 2021

면접에서 말하지 않는 것

면접 시간은 두 시 이십 분인데 두 시까지 기관에 오라고 해서 갔다. 혹시 늦을까봐 길을 서두르다 보니 한 시 반에 도착했다. 너무 일찍 가서 복도에서 기다리는데 추웠다. 영하 십 도의 날씨라고 했다. 면접을 본다고 파카를 입지 않고 재킷을 입고 갔다. 추위를 타서 손등이 거칠하다. 열 손가락을 가만히 내려다보니 손톱마다 색깔이 다른 게 보였다. 좀더 붉거나 흰 각각의 손톱들. "아무것도 못 할 것 같은데, 손가락은 움직일 수 있어." 영화 〈벌새〉(김보라 감독)의 대사가 떠올랐다. 고개를 드니 창밖으로 나무가 보인다. 안쪽을 굽어보는 듯한 나무들. 난방기 없는 실내는 휑하고 썰렁했다. 바깥쪽은 나무가 있어 그나마 생기가 있어 보였다.

두 시에 면접 대기실에 들어갔다. 담당자가 요구하는 대로 주민등록증을 꺼내 보여주고 자리에 앉았다. 내가 가장 먼저 왔다. 누가 보지 않는데 지금부터 반듯한 자세로 있어야 할 것 같다. 의자에 못 박힌 듯 앉아 있었다. 형광등의 불빛이 정면에 있는 화이트보드에 비쳤다. 반사된 불빛은 기다랗거나 잘록하거나 곡선으로 보였다. 네모난 것들이 일그러져 제각기 개성 있는 모습으로 까물거리는 게 좋다. 네모난 형광등도 자기 그림자를 떨굴 때 규격에 맞추지만은 않는다.

면접 대기실에 다른 이들도 두세 명 들어왔다. 이삼십 대쯤일까. 굽 높은 구두를 신어 또각또각 소리를 내며 한 여성이 스쳐 가 맨 뒷자리에 앉았다. 긴 생머리를 한 갈래로 묶었고 흰 진주 귀걸이를 했다. 다른 여성은 붉은 꽃무늬가 찍힌 큰 가방을 들고 왔다. 그 가방이 눈에 익었다. 아까 복도에서 혼자 창밖을 내다볼 때 소나무 그림자 아래를 가로질러오는 저 붉은 무늬 가방을 보았다. 그도 나와 함께 면접을 보려는 것이다. 그 가방 때문에 어느새 그가 친근하게 보였지만 내 생각일 뿐 말을 붙일 일이 우리 사이에는 없다. 다른 여성은 들어오자마자 파카를 얼른 벗고 회색 스웨터 차림으로 앉아 있다. 면접을 본다고 화장을 하고 챙겨 입은 옷들을 둘러보니 그 단정한 차림에서도 어딘가 보풀이 지고 헐거운 듯한 느낌이 들었다. 생활의 힘겨움, 고단함 같은 게 묻어 있었다. 겨울옷을 입고 웃음기 없는 굳은 표정으로 다들 앉아 있기 때문일까.

가만히 앉아 생각했다. 말하자면 이들이 내 경쟁자들이다. 면접관은 누구를 뽑을까? 말쑥한 젊은이를 뽑지 않을까? 최저임금을 주는 공공기관의 10개월 계약직 일이었다. 도서관 관리 지원 업무인데 단순하고 기능적인 일이다. 굳이 사십 대 중반이 넘은 나를 쓸 것 같지 않았다. 나는 이른바 경력 단절 여성이다. 코로나 19 때에 2년간 온라인 수업을 받는 아이 곁을 지키며 집 안에 머물다 어렵사리 마음먹고 취업을 하겠다고 나왔지만 취직은 어렵겠구나 싶었다.

면접장엔 면접관 세 명이 가림막 너머에 앉아 있었다. 이 기관에 지원한 동기를 물었다. 예상한 질문이었다. 잘 대답했다. 이번엔 기관이 지향하는 가치에 대한 생각을 물었다. 잘 대답하려고 애썼다. 맞은편 면접관이 서류를 뒤적이더니 한 일을 설명하라고 한다. 자세히 대답했다. 면접관은 나보고 일한 지 오래되었는데 컴퓨터 오피스 활용을 할 줄 아냐고 물었다. "사무직으로 일했기에 할 수 있습니다. 더 필요한 부분이 있다면 배우겠습니다"라고 말했다. 이건 정답이 아닌지 모른다. 계약직 사무 지원 일에서 어느 정도의 오피스 활용 능력이 요구되는 걸까? 나는 나이가 있어 일을 시키기 불편한 존재일지 모른다. 속으로 위축되었다.

면접을 여러 번 봤다. 대학을 졸업하고 간 면접 자리에서 면접관이 결혼할 거냐고 대뜸 물었다.* 일이 우선이니 결혼은 생각 없다고 정답을 말했다. 면접관이 "취업하면 삼 년 정도 근무하다 결혼한다고 그만두는 것 아니냐!"라고 물어댔다. 한사코 아니라고 했다. 결혼하고 새로 직장을 구할 땐 면접관이 "이전 직장은 왜 그만뒀냐?"라고 물었다. 혼자 도맡아 하는 육아 때문이라고 곧이곧대로 대답할 수 없으니 새로운 일을 하고 싶어서라고 대답했다. 면접 자리에서 속으로 짓는 쓴웃음이 있다. 어떻게 살아왔는지 물어준다면 참 할 말이 많을 텐데. 이제 와서 왜 일을 다시 하려는 거냐고 터놓고 물으

---

* <한겨레>(2024.4.23) '채용 절차의 공정화에 관한 법률'은 구직자에게 키, 출신, 혼인 여부처럼 업무와 무관한 개인정보를 요구하거나 수집하는 것을 금지한다. 국민권익위원회는 복지관 기간제 근로자 채용 면접 과정에서 면접관이 부적절한 발언을 한 것과 관련해 해당 지자체에 지원자에게 사과하고 재발 방지 대책을 이행하도록 조처했다.

면 할 말이 실은 있을 텐데. 왜 경력이 짧으냐고 물으면 그동안 내가 해온 진짜 일들을 줄줄이 말할 텐데. 내가 키워낸 것, 살려낸 것, 쉼 없이 차린 밥상, 부지런히 쓴 글들, 공식 수치로 드러나지 않은 내 노동의 역사를 말할 텐데.

『여자, 노동을 말하다』는 여성 노동자의 삶을 진솔하게 담은 책이다. 노동 현장만을 떼어 내 보는 게 아니라 한 사람의 삶 속에서 서로 다른 노동의 시간들이 어떻게 흘러왔는지 온전히 보여주는 책이다. 그만의 색깔과 진심 속에서 노동과 삶이 어떻게 이어져 하나가 되는지 보여준다. 삶을 지탱하고 세워준 여성 노동자의 손의 힘을 드러낸다. 이 사회 속에서 한 여성이 선택할 수 있었던 것과 선택할 수 없었던 것의 차이를 직시한다. 그 모든 한계에도 불구하고 한 발 더 내디딘 용기와 힘에 박수를 보낸다. 면접을 보고 돌아올 땐 추웠다. 결과는 불합격이었다. 이럴 땐 진짜 삶이 있는 책을 맹렬하게 읽고 싶어진다. 때로 책 한 권 때문에 삶이 따뜻해지니까.

함께 읽을 책

여자, 노동을 말하다 박수정, 이학사, 2013

어머니가 된다는 것

어머니가 된다는 것은 불안하고 외로운 노릇이다. 어머니는 때때로 아이를 위해 싸운다. 세상의 불합리한 제도와 이윤을 추구하는 체계와 싸운다.

내가 한 대형 대학 병원에서 출산을 하고 입원 중일 때 전화가 왔다. 같은 대학 병원의 소아과 병동에서였다. 산부인과 병동과 연관되어 내 정보를 가지고 있었다. 갓 태어난 아기의 CT 촬영을 하자고 했다. 이유를 물어보니 4kg이 넘게 태어난 아기는 머리에 물이 찼을지 모르니 일괄적으로 CT 촬영을 해야 한다고 했다.

이유가 확실치 않았고 무엇보다 금방 태어난 아기에게 부담이 되는 큰 검사를 하고 싶지 않았다. 내가 하지 않겠다고 하니 "의사 말을 거역하겠다는 거예요?" 하고 위협조로 나왔다. 그래도 하지 않겠다고 분명하게 말하니 "앞으로 무슨 일이 생기면 어쩔 거예요?"라고 그쪽에서 으름장을 놓았다. 전화를 끊고 나니 가슴이 두근거렸다. '앞으로 아이를 위해 의견을 분명히 말하고 싸워야겠구나'라는 생각이 들었다. 고분고분한 방식으로는 더 통하지 않을 것 같았다.

『엄마의 탄생』을 쓸 때, 다른 여성들을 만나 인터뷰를 하면서 이 말을 들었다. "현실을 보면 우리나라가 너무 살기 힘든 곳이에요. 모든 게 빨리 돌아가고 다 과열되어 있어요……그런데 내가 내 아이를 희생시키기 싫은 거예요. 거대한 톱니바퀴의 똑같은 부속품 하나를 만들기 위해서 내가 아이를 깎아내야 한다는 게 너무 괴로운 거죠." 아이가 학교에 가서 잘 적응할지 걱정하고 눈물을 흘리다 한 여성은 문득 그렇게 말했다. 그 말이 가끔 떠오른다. 아이를, 톱니바퀴처럼, 깎아내는 게, 괴로워요.

아토피 피부염을 앓는 아이를 키우는 여성도 만났다. 아토피 피부염은 원인을 알아내기 어렵고 깨끗이 해결하는 것도 어려웠다. 원인은 한 가지가 아니었다. 무엇보다 환경이 문제였다. 증상은 시시각각으로 변했고 피가 나게 긁고 울며 보채는 아이 앞에서 속수무책이었다. 무엇보다 이들이 힘든 이유는 자신에 대한 주변의 비난 때문이었다. '아이 엄마가 임신 때 뭘 잘못 먹어서 애가 아픈 거겠지, 엄마가 관리를 못 하네, 지금부터 정신 바짝 안 차리면 평생 힘들 거다.' 그런 말이 따라붙었다. '아이를 안 씻겨서, 너무 자주 씻겨서, 잘 못 먹여서, 너무 많이 먹여서, 보습을 안 해서, 연고가 안 맞아서, 기도가 부족해서' 아이가 아픈 거 아니냐고 캐물었다. 환경의 문제가 아니라 한 여성의 문제로 몰아갔다. 왜곡된 사회에서 어머니는 희생양이 되었다. 그런 질타를 듣다 보면 아이의 증상보다 어머니의 마음이 먼저 무너져내리기 일쑤였다. 그 자책과 무력감 사이로 병원과 기업과 민간의 상술이 파고들었다.

학교에서는 학부모, 특히 어머니에게 학습 관리자의 역할을 요구했다. 그 역할을 맡다 보면 어머니와 아이의 대화는 학업을 사이에 끼고 닦달과 방어의 겉치레 말로 전락했다. 아이가 해내야 하는 사회적 역할은 어머니의 책임으로 떨어졌다. 경쟁 사회에서 적응을 걱정하고 학벌 사회에서 진학과 취업을 걱정하고, 자식을 독립시킬 수 있을지 걱정한다. 세상의 기준에 아이를 맞춰야 한다는 책임을 가지고 어머니는 분투한다.

"아까워요, 우리 아이들이." 글쓰기 강좌에서 한 노인이 강사인 내게 말했다. 손주를 유치원에 보내고 나서 그런 생각이 들었다고 했다. “저렇게 소중하고 건강한 아이들이 어른들이 만든 틀 속에 끼워져 앞으로 지내야 하잖아요.” 다른 이들도 수긍하며 묵묵히 있었다. 모두 알고 있었다. 아이들의 생기를 죽이는 체제가 옳지 않다는 걸 안다. 아이들이 의미 없는 경쟁에 몰리고 있다는 걸 안다. 우리는 지금 삶을 낭비하고 있다는 걸 안다.

어머니들은 싸워왔다. 노동자인 자식을 죽인 공장 앞에서 싸웠다. 기업에 맞서 이윤보다 생명을 지키길 요구하며 길거리에서 싸웠다. 정부에 공정함을 요구하며 절규하며 싸웠다. 삶을 옹호하려 애썼다. 아이를 길러내고 타인의 몸과 마음을 돌보기 위해 끊임없이 애써온 어머니는 사회의 비인간적이고 부당한 요구와 자신이 지켜야 하는 애정 사이에서 판단하고 협상하고 싸운다. 삶을 파괴하는 체제에 맞서 목소리를 높인다. 다른 이를 돌보는 일은 효율성이나 개인주의만으로 다 설명될 수 없었다. 어머니는 늘 타인과 자신 사이에서 공존하고 살 수 있는 방법을 찾아 하루하루 결단하며 그 길을 갔다.

사라 러딕이 쓴 『모성적 사유』의 부제는 ‘전쟁과 평화의 정치학’이다. 그는 철학을 전공했다. 자신이 겪는 어머니로서의 경험은 철학에서 다루지 않는다는 걸 깨닫고 그는 이 책을 썼다. 날마다 어머니 노릇을 하는 여성은 그 경험에 따른 새로운 인식 틀을 만들어낸다. 또한 그 인식은 기존의 이데올로기에 맞서 대안적 힘으로 새롭게 작동할 수 있다. 모성적 사유는 평화로운 세계를 만들기 위해 퍼져 나갈 수 있다. "부정에서 명석한 지식으로, 편협성에서 타인들의 고통에 대한 인식으로, 순종에서 확고하고 결단력 있는 행위 능력으로 이동"할 수 있다. 아니라고 말하기 위해 우리는 먼 길을 걸어온다. 다른 세상을 향해 흘러가는 사랑이 아니었다면 아니라고 말할 수 없었을 것이다.

함께 읽을 책

엄마의 탄생 김보성·김향수·안미선, 오월의 봄, 2014

사랑은
잘 있어요

라디오 방송에서 청취자 사연이 나온다. 몹시 사랑하는 아내를 그리는 남편의 편지글이었다. 어째서 방송에는 한없이 사랑하는 부부의 이야기만 주로 나오는 걸까? 그런 이야기에서 소외되는 사람은 없을까?

부부 갈등으로 괴롭다고, 결혼이 끝났다고, 어쨌든 자신이 삶을 선택했다고, 새롭게 독립할 수 있다고 하는 이야기도 많을 텐데. 지금은 혼인으로 구성된 가족의 수가 줄고 다양한 가족이 많아졌다. 1인 가구도 늘어났는데, 아직 '정상 가족'의 통념에서 벗어나지 못한 이야기가 많다.

오랜만에 선배 언니를 만났다. 한동안 연락이 끊겼던 이였다. 학교 다닐 때 나를 자기 집에 초대해 재미있는 얘기도 들려주고 영화도 곧잘 보여주던 이였다. 그는 나와 같이 작업할 일을 찾기 위해 연락을 해왔다. 제안한 지원사업에 신청하는 일은 경쟁이 치열해 될지 안 될지 모르는 일이었다. 어설프게 대화가 끝나자 오랜만에 만나 화제는 궁했고 얘기는 자꾸 겉돌았다. 식사는 그다지 입에 맞지 않았고 실수로 찻잔을 깨뜨렸다.

내가 허둥지둥하자 그가 "내가 잔 값을 물어줄게. 걱정하지 마." 하고 차분하게 말했다. 그 배려 깊은 눈빛을 보고 삼십 년 전 보았던 얼굴을 떠올렸다. 염색을 하지 않아 머리가 희끗하고 잔주름이 진 얼굴로 그는 맞은편에 앉아 있다. 조금 주눅 들어 보였다.

학창 시절이 떠올랐다. 한 캠퍼스 커플이 있었다. 그들은 내가 입학해 처음 본 연인이었다. 남자는 키가 크고 마른 편이었는데 서글서글한 낯으로 잘 웃었다. 동작이 섬세해 보였다. 그때 선배 언니는 그를 몹시 사랑한다고 내게 종종 고백하며 남자친구가 군대에 가게 되어 앞으로 자주 만날 수 없다면서 안타까워했다. 자기는 절대 마음이 변하지 않을 거라고 했고 남자친구가 자기 걱정을 해 되레 속상하다고 했다.

면회라도 다녀오면 잠시 동안 누린 행복을 길게 늘어놓았다. 내가 재미있는 이야기를 하면 깔깔거리다가 그 사람에게도 들려줘야 하겠다며 이야기를 되묻고 수첩에

적었다. '저렇게 사람을 사랑할 수도 있구나. 그들처럼 사랑할 수 있으면 좋겠다.' 속으로 생각했다. 그리움은 줄기찼고 정성은 한결같았다. 둘 다 상대를 마음에 늘 품고 있었다. 상대 이야기를 할 때 가슴 설레하며 빛나는 모습을 보았다. 둘은 평등하고 스스럼없이 사랑했다.

안타깝게 내 첫사랑은 서툴고 미숙했다. 사랑이라곤 처음이었다. 내 생각에 빠지고 상대를 이리저리 살피기 바빠서 정작 같이 있을 때 어떤 말과 행동을 해야 하는지 알 수 없었다. 실컷 고민하다 말 한마디 제대로 못 하거나 기껏 그쪽에서 말을 걸어오면 당황해 입을 꾹 닫아 버렸다.

사랑한다면 말을 안 해도 다 아는 거라고 착각에 빠졌다. 속으로 열심히 진심으로 좋아하면 어쨌든 전달될 거라 여겼다. 그때 언니는 무조건 응원하며 내 말을 들어주었다. 그 앞에서 이게 사랑인지 아닌지 모르겠다며 울고불고했다. 부끄럽지도 않았다. 우리한테 첫사랑은 목숨처럼 소중했다.

그동안 지켜온 사랑을 그만둔다고 한다. 남편과 함께 사는 것을 그만두겠다고 마음먹었다고 했다. 어렵게 꺼낸 말이었다. 경제적 어려움 때문에 더 버티며 같이 살기 힘들게 되었다고 했다. 시작의 끝을 보는 일은 늘 낯설고 가슴 아프다. 사람들의 축하와 환호 속에 시작한 일도 그 끝은 외롭다. 일이건 인간관계건, 그 끝에서 늘 혼자 서 있게 된다.

이별을 결심하기 전에 이별이 먼저 와 있었다. 모든 걸 나눠온 남편 없이 살 수 있을까 싶지만, 현실적으로 헤쳐 나갈 방법이 없어서, 아무리 머리를 싸매도 도무지 빠져나갈 길이 없어서 모질게 마음을 먹었다.

나는 언니를 쳐다보았다. 기억 속에 늘 함께였던 두 사람의 이야기가 끝이 난다는 것이 믿기지 않았다. 그의 얼굴이 붉어졌다. "그 말을 하려고 부른 건 아니야……." 오랜만에 만난 후배에게 부담을 주지 않으려고 우물쭈물 말꼬리를 흐리는 모습이 슬펐다. 함께 잠시 걷기로 했다.

길모퉁이에 있는 한 빵집에 들어갔다. 그 빵집에는 자주 사람들이 줄을 서 있었는데 오늘은 아무도 없었다. 식빵과 모카빵, 소보로빵, 단팥빵, 몇 종류의 빵만 팔았다. 안쪽에 쉬지 않고 빵을 만드는 주인이 있었고, 앞쪽에 그날 만든 따끈한 빵이 봉지가 열린 채 놓여 있었다.

"빵을 살게요, 언니. 고르세요." 그는 한참을 보다 작은 소보로빵을 하나 골랐다. 제일 값싼 것을 골랐다. 그에게 더 고르라고 했다. 그는 잠시 망설이다가 소보로빵 봉지 하나를 더 집어 들었다. 남편에게 줄 거라고 뿌듯한 목소리로 웃으며 말했다. 나는 먹먹했다. 아직 사랑이 있는데, 이렇게 소박한 사랑이 있는데, 작별하게 된다. 나는 부부가 이 빵들을 잠시 함께 먹을 수 있어서, 잠깐 달콤하고 따뜻할 수 있어서 다행스럽다. 오래된 인사를 이렇게나마 전할 수 있어서 기쁘다.

왔던 길을 다시 돌아가 지하철역 쪽으로 향했다. 언니가 내게 답례로 가만히 물었다. 첫사랑은 잘 있냐고. 무심코 그 시절처럼 묻는다. "잘 있어요." 나는 어제처럼 대답했다. 풋사랑이라 다시 만날 일 없었는데도 그랬다. 나는 여전히 그를 사랑하는 척했다. 언니를 위해서. 그러자 언니는 마음 놓고, 군대에 간 남자친구를 그리워하던 그때처럼 이야기를 한다.

우리는 어느새 과거로 훌쩍 돌아가 그때 나눈 대화를 다시 나누고 있었다. 사랑하는 이들이 굳세게 곁에 있던 시절, 그들과 만날 수 있다는 것을 꿈에도 의심하지 않은 시절, 서로 지혜를 모으며 사랑이 이루어지길 빌어주던 시절. 이제는 사라진 연인들을 이야기 속에 되살려

곁에 두고, 그들의 안부를 재차 물으며 우리의 안부를 어루만지며 그 가깝고도 먼 길을 다 걸어 내었다.

함께 읽을 책

사랑은 사치일까? 벨 훅스, 양지하 옮김, 현실문화, 2020

2장

그 여자들의 말이 들릴 때

커트의 시간

커트 머리를 했다. 언젠가부터 긴 머리가 거추장스러웠다. 거울을 보니 마음에 든다. 당당하고 산뜻해 보였다. 두피에 생긴 피부병으로 성가셨던 터라 이참에 커트를 계속 하겠다고 결심했다. 손질하는 게 너무 간편해서 굳이 불편하게 긴 머리를 간수하는 데 노력을 들이고 싶지 않았다.

나는 편하지만 주변에선 그렇지 않았다. 친척 모임에 가면 인사말 다음에 으레 "여자애가 머리가 좀 길어야지" 하는 소리를 해댄다. 그들은 올림머리를 하고 액세서리로 꾸미고 한복이나 양장 차림을 했다. '여자는 화장을 하는 게 예의'라거나 '염색을 얼른 하라'면서 눈총을 주는 건 한마디로 그 자리에 '여자답게' 꾸미고 오지 않아 눈엣가시라는 뜻이다. 친밀한 관계를 빙자해 쓱 던지는 말마디가 비수처럼 날카롭다. 애매하게 웃다가 얼른 자리를 뜨고 만다.

외모에 대한 간섭은 일터에도 있다. 비정규로 하는 일에 초면의 팀장이 나보고 잔소리를 한다. "머리를 왜 그렇게 짧게 했어요? 길어도 잘 어울릴 텐데." 외모 지적을 하는 건 성차별적 발언이다. 일과 관계없는데 그런 소리를 한다. 게다가 관심과 호의인 양 친절의 외피를 쓰고 나타난다. 그는 그 후에도 회의 중에 내용과 관계없이 나를 뚫어지게 보다가 "다른 색깔의 옷을 입으면 잘 어울리겠다. 여성성이 떨어진다" 따위 소리를 했다. 머리 모양, 옷 색깔, 자세, 어투가 일일이 일터에서 지적받는 건 몹시 불쾌한 일이다. 그것은 통제고 평가의 대상으로 상대를 옥죄는 상투적 방법이다. 나는 항의를 했고 그는 미안하다고 했다. 자신이 이전에 있던 기업에서 여성을 대상화하는 일이 많아 자기도 습관이 되었다고 덧붙였다. 일이 끝나고 나는 그의 연락처를 깨끗이 지웠다.

이른바 '여성답지' 못한 외모를 '고치려 드는' 사회적 압박은 어디에나 있다. 미장원에 갔는데 이번엔 허리가 구부정한 미용사가 "왜 머리를 짧게 자르고 다녀?" 타박을 놓는다. 몸무게를 실어 손님의 어깨에 종종 손을 짚는 이였다. 그는 절인 배추며 시래기 같은 채소를 가게 앞에 내놓고 같이 팔고 있었다. 그는 "다른 미용실보다 싸게 해줄 테니, 우리 가게에 오라"고 처음에 나를 꼬드겼다. 단골이 되고 나니 어느새 반말로 대하기 일쑤다. 말하자면 나는 '돈 안 되는' 손님이다. 염색을 하라고 나를 살살 구슬렸지만 먹히지 않았다. 절인 배추를 사라고 해도 단출한 살림이라며 사지 않는다. 심지어 '원장님' 소리를 하며 비위를 맞추지도 않는다. "그냥 편해서요. 이전처럼 짧게 잘라 주세요."

그는 귓불을 스칠 정도로 머리를 급하게 싹싹 잘랐다. 시간에 쫓겨서 그러는가 하고 나는 참았다. 머리를 자를 동안 정수리를 손아귀로 꽉 누른다. 악지 세게 머리통에 대고 분풀이를 하듯 가위질한 다음에 "짧게 잘랐다, 됐지!" 하면서 반말로 짧게 외친다. 나는 낯을 붉혔다.

소파에 앉은 손님들 몇 명이 나란히 파마 머리를 한 채 튀밥을 아삭거리고 먹고 있었다. 오늘따라 미용사가 기세등등한 건 자기 편이 많아서인지도 모른다. "나이 구십 먹은 할머니들도 파마하고 염색하고 다니는데 젊은 사람이 왜 이렇게 하고 다녀!" "그럼, 아직 한창 때지!" 자기들끼리 맞장구치는 소리에 한숨이 나온다. 그들은 텔레비전 뉴스를 보면서 뜬금없이 큰 소리로 야당 욕을 하며 "아무것도 모르는 놈들! 나라 망해 먹으려구!" 소리까지 한다. 그러니까 '기틀을 흔드는' 멋대로 구는 철부지 취급을 나까지 당한 거다. 기죽지 않고 당당하게 커트를 고수하는 나를 그들은 시건방지다고 여긴 것이다. 이 미장원에 다시 오지 않겠다고 결심했다.

집과 일터와 동네에서 커트로 불편을 겪었다. 그건 작고 눈에 띄지 않는 순간 같았지만 모래 알갱이가 눈에 와 박히듯 까끌거렸다. 보이지 않는 편견과 차별은 아직도 사방에 거미줄처럼 나 있어서 걸음을 뗄 때 몸을 휘감았다. 이 끈덕지고 질긴 시선과 폄하 속에서 나다움을 지키며 걸어가야 했다. 한 명의 여자로 환원되지 않고, 여자다워야 한다는 비인간적 관습에 무릎 꿇지 않고, 나의 목소리를 내야 했다. 신문을 읽었다.

2023년에 경상남도 진주의 한 편의점에서 폭행 사건이 일어났다. 20대 여성이 편의점에서 일하고 있다가 단지 '머리가 짧다'는 이유로 한 남성에게 무차별 폭행을 당했다. 낯모르는 고객이었던 그 남성은 "커트를 한 여성은 페미니스트"라고 마구잡이로 욕하며 일하던 젊은 여성을 폭행했다. 그 옆에서 말리던 손님까지 폭행을 당해 크게 다쳤다. 나는 이런 일이 현실에서 버젓이 일어났다는 데 놀라 기사를 몇 번이고 다시 읽었다.

백 년 전, 머리를 자른 '모던걸'은 도덕적으로 '나쁜 여자'라고 부당하게 비난받았다. 지금도 혐오 범죄가 기승을 부리고 강남역 여성 살해 사건 후 '여성폭력방지기본법'이 제정되었는데도 여성을 겨냥한 폭력이 현실에서 거침없이 벌어졌다.

한 직장인은 '머리가 짧으니까 누군가한테 이유 없이 맞을 수도 있어서 나도 피해자가 될까봐 불안하다'라고 말했다.* 기사에서는 SNS를 중심으로 '#여성_숏컷_캠페인'이라는 해시태그로 피해자 연대가 이어지고 있다고 했다.** 거울 속의 나를 본다. 그렇구나. 지금 말해야 할 때구나. 나는 커트를 했다. 그 말을 용기 내어 해야 된다. 그 말로 누군가의 곁에 서야 한다. 내가 누구인지, 무엇을 원하는지까지 말할 필요도 없다. 나는 커트 머리를 했다. 당신처럼. 우리는 같다. 나는 앞으로도 당신을

* <한겨레>(2023.11.28) '방구석 여혐' 현실 세계로…윤 정부 '여가부 폐지'가 등 두드렸다

** <경향신문>(2023.11.6) "페미니스트면 맞아야 하나" 오프라인으로 나온 백래시…SNS선 '여성 쇼트커트 인증' 물결

기억하며 커트를 하겠다. 잘려야 할 것은 혐오이지 취향이 아니다. 커트.

함께 읽을 책

백래시 수전 팔루디, 성원 옮김, 아르테, 2017

그 여자의 방

그는 카페에 자주 온다. 거의 매일 와서 온종일 앉아 있다. 머리는 길고 부스스한데 늘 같은 두툼한 검은 옷을 입고 있다. 불룩한 쇼핑백 몇 개를 늘 들고 다닌다. 이어폰을 끼고 분주한 걸음으로 차 한 잔을 시키곤 구석진 자리에 앉아 묵묵히 있었다. 한 번도 친구를 만난 적이 없다. 카페에 갈 때마다 마주치는 그를 보고, 처음에는 나처럼 단골인가 싶어 무심히 넘겼다. 늘 커다란 가방들을 들고 다니는 걸 보니 홈리스 여성인지 모른다는 생각이 문득 들었다. 카페는 이따금 들르는 곳이 아니라 그의 생활공간인지 모른다. 날마다 짐들과 함께 나타나서 종일 죽치고 있는 모습이 그렇게 보였다.

갈 곳을 분명히 알고 있는 듯 걸음이 확고하고 기운차 보였지만 갈 곳이 정작 없는지도 모른다. 차림이 단정한 편이고 남한테 폐를 끼치지 않았지만 남의 실수를 받아

줄 여유는 없어 보였다. 같이 엘리베이터를 탄 적이 있는데, 자기가 내리기 전에 다른 이가 타자 그 자리에서 큰 소리로 지적하며 화를 내었다. 말은 틀리지 않았지만 경계가 침범당했을 때 불끈 솟는 분노가 일상적이지 않아 보였다. 늘 경계하고 화가 나 있는 마음을 건드린 것 같았다.

그 후 나는 그를 자주 눈으로 찾았다. 주변을 살피지 않고 앞만 보고 급하게 걷는 모습, 귀에서 잠시도 떼어 놓지 않는 이어폰, 바뀌지 않는 색깔의 가방. 많은 짐을 가지고 들어왔다가 빈 탁자 앞에 계속 앉아 있는 모습. 그 가방 속에는 무엇이 들어 있을까? 그는 어디에서 자고 어디에서 오는 걸까? 나는 어느새 그가 카페에 오면 그 건강한 모습에 어느새 안도하고 있었다. 짐을 챙기고, 차를 마시고, 음악을 듣는 그의 자리가 이렇게 온전히 지켜지기를 바랐다. 그가 언제나 지금처럼 당당하게 버텨 나가기를 응원했다.

『그여자가방에들어가신다』는 홈리스 여성의 생애사를 다룬 책이다. 제목이 절묘했다. 그 여자가 방에 들어가는 것은 중요한 문제다. 밥을 먹고 씻고 잠을 잘 수 있는 방은 있기도 했고 없기도 했다. 돈이 있을 땐 쪽방이나 여인숙에서 잘 수 있었지만 그렇지 않으면 역이나 화장실에서 자기도 했다. 어느 여자의 인생은 가방에 들어가 있었다. 들고 다니는 가방 속에는 동전들과 지폐 몇 장, 반찬통들, 옷가지와 응급약이 있었는데 그게 살림의 전부였다. 그 가방을 빼앗기면 그건 쓰레기가 아니라고 싸웠다. 책에 나오는 한 홈리스 여성은 "너희 집문서부터 쓰레기통에 던지라!"면서 역무원과 싸웠다. 자신을 존중하지 않는 상대에게 반말을 하고 아무도 존중하지 않는 자신에게 높임말을 썼다. 그 여자가 가방에 살림을 들고 어느 곳이든 방으로 삼으며 '들어가시는' 일은 중요한 일이었다.

차별, 부족한 복지, 남성들의 위협, 길에 도사린 더 많은 위험. 최소한의 안전을 위해 때로 24시간 패스트푸드점이나 외진 구석을 찾아 앉은 채 자면서 눈에 띄지 않으려고 애쓰는 여성 홈리스들이다. 그들도 집이 있었고 친구도 있었고 직장의 일도 있었다. 하지만 가정폭력 등의 불가피한 이유로 집을 나오고, 건강이 나빠지고, 일자리가 없어지고, 가족과 연락이 끊기고, 길에서의 만남에서 계속 빼앗기고, 새로운 시도가 거듭 좌절되면서 그들은 홈리스 여성이 된다.

한때 안정된 삶을 가졌더라도 성차별적이고 여성에게 자원을 주지 않는 사회 속에서 언제든 모든 것을 잃을 수 있다. 여성 홈리스는 그가 여성이라는 이유로 가부장적이고 폭력적인 제도와 관계 속에서 쉽게 집을 상실하게 된다. 살려고 집을 뛰쳐나오든, 가족을 이루려 애를 써도 집을 지킬 수 없었든 이곳의 방 한 칸은 이루기 어려운 꿈이 된다. 밤마다 그날의 잘 곳을 걱정하고 눈을 뜨면 그날의 먹을 것을 걱정한다. 하지만 관심과 지원이 있다면 이들은 언제든 방에 '들어가실' 능력이 있고 꺾이지 않고 삶을 지켜나갈 것이다.

이 책에 담긴 목소리는 홈리스 여성의 목소리가 의지에 차 있고 삶에 대한 책임을 놓지 않으며 여전히 내일을 희망하고 있다는 것을 알려준다. 추억 속 감정을 떠올리며 따뜻하고 아름다운 것을 꿈꾸는 마음이 얼마나 인간적인지 깨닫게 한다. 누구나 그들 같은 상황에 처하면 홈리스가 될 수 있고, 누구든 머물 곳과 관계 맺을 사람들을 찾게 되면 자신의 홈을 가지게 된다. 필요한 것은 한 사람의 이웃이 되고 그의 자리를 마련해낼 수 있는 사회의 능력이다. 그 여자의 방을 만들어내고 그 여자가 마침내 방에 '들어가실' 때 환호하며 함께 그 방에 들어가 북적일 수 있는 사람들이다.

아직 그 방이 없어서 그 여자는 가방을 들고 다닌다. 남들에게는 쓰레기일 뿐이지만 소중한 살림살이인 가방을 들키지 않게 숨길 곳을 찾는다. 냄새난다고 손가락질 받지만 그 불룩한 가방은 삶에 대한 애착이다. 내쉬는 숨처럼 꺼지지 않는 희망의 증거다. 내일이 있다는 것을 믿는 사람만이 가방을 들고 다닌다. 그 가방을 가지고 다니는 여자들 앞에서 길을 비켜주어라. 그가 자신의 방으로 당당히 들어갈 수 있도록 지상의 방 한 칸을 만들어내어라. 그 여자는 그런 대접을 받을 권리가 있다.

함께 읽을 책

그여자가방에들어가신다

홈리스행동 생애사 기록팀 기획, 김진희 외, 후마니타스, 2023

싸우는 여자들이 있다

강의를 가게 되면 이전과 다른 요구와 질문들을 만나게 된다. 페미니즘에 대해 알려달라고 교사가 따로 강좌를 기획해 부를 때도 있고, 도서관에서 여성의 정체성을 주제로 강의해달라고 초청하기도 한다. 여성주의나 여성의 삶이라는 주제 자체를 적극적으로 이야기해달라고 한다. 촛불집회가 한참이던 무렵이었다. 한 수강생이 "우리 딸들이 더 나은 세상에서 살게 하려면 엄마인 우리가 지금 뭘 해야 할까요?" 강의가 끝난 후 계단까지 따라와 물었다. 사회 문제의 해결을 위해 자신도 행동하겠다는 의지가 강하게 느껴졌다.

한 고등학교에 가서 강의를 하다가 여성의 참정권 이야기가 나왔다. 1913년 에밀리 와일딩 데이비슨(Emily Wilding Davison)이 영국의 경마장에서 경주로 한가운데로 뛰어들어 국왕의 말 고삐를 잡다가 죽게 된 일이었다. 그는 여성의 참정권을 요구하며 이를 세상에 알리기 위해 그 방법을 택했다. 역사에서 많이 알려진 일이었다. 그 이야기를 듣고 학생들은 침묵에 잠겼다. 맨 끝줄에 앉아 있던 학생이 손을 들고 또렷한 목소리로 질문했다.

"도대체 왜 그런 거예요?"

당시 영국의 상황이며, 여성사회정치연합(WSPU)의 투쟁에 대해 말해주면 될 것 같았지만 질문은 그 뜻이 아니었다. 어째서 여성을 그렇게 차별적으로 대하고 폭력을 쓸 수 있었는지, 그것이 어째서 가능했는지에 대한 질문이었다. 지금도 왜 여성혐오와 차별이 횡행하는지에 대한 질문이기도 했다. 순간 나도 할 말이 없었다. 어떻게 성별을 이유 삼아 다른 사람을 차별하고 오랫동안 권리를 무시해왔을까? 또 어떻게 여성은 자신의 권리를 잊지 않고 용감하게 싸워올 수 있었을까?

싸우는 여성의 이미지나 이야기를 우리는 제대로 듣거나 보지 못하고 성장했다. 문학이나 영화에서도 고통받는 여성의 삶을 비극적으로 그려내는 작품은 많아도 싸워서 권리를 찾는 여성의 모습을 담은 작품은 드물었다. 서프러제트(suffragette)는 여성참정권 운동을 전투적으로 한 영국의 운동가들을 뜻한다. 동명의 영화에서 이들이 재현된 모습을 보고 놀랐다. 우리가 알고 있는 고정된 여성의 이미지를 단번에 깨뜨리는 장면이 많았기 때문이다. 몇 십 년에 걸쳐 정부와 의회에 여성의 참정권을 합법적으로 요구하던 이들은 정치권에서 끝내 외면당하자 전투적인 방법을 취한다.

긴 치마를 입고 챙 넓은 모자를 쓴 여성들이 대낮에 돌멩이를 던져 상점의 유리창을 산산이 부숴버린다. 영화에는 다이너마이트에 불을 붙여 우체통이며 저택을 폭파시키는 장면도 나온다. 감옥에 갇혀서는 단식투쟁을 하며 정치범으로 인정해달라고 싸우다가 콧구멍에 관을 끼워 넣는 강제급식을 당하기도 한다. 공권력이 그들의 남편들이며 사업주들을 동원해 협박과 폭력을 써도 도무지 동요하지 않고 투표할 권리를 외치며 깃발을 들고 집회를 한다. 투표권을 얻는다는 목표 아래 직접행동에 나선다. 노동계급의 여성도 적대적이고 혹독한 환경을 참지 않고 권리를 가진 시민으로 자신을 대우하라고 외친다.

나는 어린 시절에 공주들을 종이에 그리곤 했는데 그건 확실히 동양인이 아니라 긴 드레스에 왕관을 쓴 노랑머리 외국 공주들이었다. 동화책에 곧잘 나오던 공주들은 왕의 딸이거나 왕자의 신부였지 자기 손으로 노동하고 권리를 찾으려는 여성은 아니었다. 지나고 나서 생각한다. 현실의 불평등과 차별을 가리거나, 그 불평등에 겁먹게 해서 순종하게 하는 것은 둘 다 교육적이지 않다. 현실의 고통을 직시하지만 또한 인간이 그 현실을 바꾸어내는 힘을 가지고 있다는 것을 보여주어야 했다.

주류 이데올로기에서 삭제된 이미지인 싸우고 외치는 여성들, 권리의 영역을 확대해온 여성의 모습을 알리는 것은 그래서 중요했다. 가정이라는 전통적 영역에 있는 여성, 시키는 대로 일만 하는 불안정한 노동자인 여성의 이미지를 깨뜨리고 서프러제트는 허용된 울타리 밖으로 뛰쳐나가 정치적 시민적 권리를 요구하고 다른 계층의 여성들과 연대하려는 새로운 여성상을 보여주었다.

사실, 과격하고 비민주적 조직 운영으로 비판받기도 했던 서프러제트는 운동을 대중화하지 못하고 차츰 고립되어 1차 세계대전 후 영국 정부와 타협하는 모습을 보이기도 했다. 그러나 내가 서프러제트의 이미지에 끌린 것은 거침없이 싸우는 여성상 때문이었다. 여전히 성차별 이데올로기 속에 생산된 이야기와 작품을 배워가는 우리에게 역사 속 여성의 싸움을 발굴해 보여주고 여성의 삶이 소외되지 않는 이야기를 들려주는 것이 필요하다.

선거법을 바꾸기 위해, 노동법을 바꾸기 위해 거리로 뛰쳐나간 옛 여성들은 백여 년이 지나도록 차별이 이어지는 세상을 꿈꾸진 않았을 것이다. 에멀린 팽크허스트(Emmeline Pankhurst)는 자서전 『싸우는 여자가 이긴다』에서 자신이 서프러제트 운동을 결심하게 된 원동력으로 빈민 구제위원으로 있을 때의 경험을 들었다. 아기를 빼앗겨야 하는 미혼모들과 집도 돈도 없이 가족을 지키기 위해 발버둥치는 여성들, 노동을 해도 재산과 자식에 대한 권리가 없는 여성들, 남편에게 예속된 여성들, 남편의 연금이 없으면 당장 구휼 대상이 되는 여성들을 보고 팽크허스트는 자신의 딸들과 함께 평생을 싸웠다. 그가 말하는 영국의 여성 인권 상황은 지금 우리 현실에서도 목격된다.

여성의 몸과 노동과 가족과 재산에 대한 권리, 정치적 주체로서의 권리, 시민으로의 권리는 아직도 만들어가는 과정에 있다. 이십삼만 명이 넘는 이들이 '낙태죄' 폐지 청원에 동참했다는 뉴스를 2017년에 들었다. 전국

거리에서 여성의 몸에 대한 자기 결정권, 임신 중단의 권리를 주장하며 검은 시위*가 일어났다. 2019년 헌법재판소가 헌법불합치 결정을 내려 '낙태죄'는 효력을 잃었다. 하지만 정부와 국회는 후속입법을 하지 않았다. 싸운다는 것은 자신의 권리에 당당하라고 다음 세대에 교육하는 일이다. 여성은 집에서 회사에서 희롱과 폭력을 당했지만, 몸에 대한 결정권을 가지고, 자신이 선택한 가족을 지키고, 노동할 권리를 빼앗기지 않기 위해 언제나 고군분투해왔다. 여성들은 시대마다 당면한 문제와 맞닥뜨려 그 문제에 이름을 붙이고 용감하게 싸웠다.

한마디 구호로 표현된 말 아래에 숨어 있는 이름 없는 고통은 또 얼마나 많은가. 이름 얻지 못한 모멸감과 고달픔이 사람들을 모으고 함께 질문하고 외치게 한다. 싸우는 이유는, 인간으로서 평등하게 대우받지 못하고 자신을 드러낼 수 없는 환경이 참을 수 없을 만큼 빼아팠기 때문이다. 우리의 세상은 이렇다고 체념하거나 달관하지 않고, 세상은 이럴 수 없다고 한 걸음 내디딜 정

---

* 집회에 참여한 여성들은 성적 자기 결정권이 없는 것을 애도하며 검은 옷을 입었다. 2016년 폴란드에서 모든 임신 중단을 전면 금지하는 법안이 나오자 수만 명의 여성들이 수도와 주요 도시에서 검은 시위를 벌였다.

도로 여성들이 용기가 있었기 때문이다.

불평등을 간과하지 않고 바꾸어내는 힘은 너무 과소평가되고 감추어져 있다. 불평등한 상황 속에서 평등을 상상할 수 있는 힘이 있다는 것이 놀라운 희망의 증거다. 무엇 때문에 싸웠는지 역사가 남아 있어 지금 더 싸워야 할 것이 무엇인지 분명해진다. 어떻게 싸웠는지 알게 되었을 때 현실에 맞부딪치는 장벽도 혼자만 겪는 일이 아니게 된다. 세상에서 별일 아닌 것처럼 취급하는 일이 별일이라는 것을 아는 것이 새로운 이야기의 시작이다. 새 이야기를 해도 된다고 격려해주는 힘은 지금은 사라진, 싸웠던 여성들이다.

함께 읽을 책

싸우는 여자가 이긴다 에멀린 팽크허스트, 김진아·권승혁 옮김, 현실문화, 2016

여자의 책 읽기

가파른 골목길을 걸어 올라가는데 홀연히 두 학생이 나타났다. 교복 차림의 학생들은 서로 부둥켜안고 뺨을 비볐다. 봄이었다. 좋아서 어쩔 줄 모르듯, 둘은 이마를 대고 어깨를 끌어안고 얼굴을 쓰다듬고 볼에 입 맞추었다. 작은 새가 맞대고 날갯짓을 파닥거리는 것처럼. 다른 사람의 시선은 아랑곳없이 둘만의 충만감과 환희에 빠져 있다. 처음 맛보는 열정과 호기심, 기쁨과 사랑에 젖어 그 순간 둘은 오롯했다. 봄 햇살 아래 따뜻하고 두근거리는 빛나는 한순간이 눈앞에 던져져 있었다. 그들은 자신들의 환한 시간에 둘러싸인 채 생동하는 맥박을 뿜으며 그곳에 서 있었다. 그 밖의 세계는 모두 사라져 버렸다.

사춘기. 그 말이 떠올랐지만 그건 딱 맞는 말이 아니었다. 그건 사춘기라서 겪는 첫정의 모습이 아니라 일상의 껍질 속에 숨어 있던 생명의 불꽃이 타오르는 모습이었다. 삶에서 누릴 수 있는 축복이 있다면 그 만남의 시간이었다. 그들은 당당히 모습을 드러내고 몸과 마음을 다하여 상대를 탐닉했다. 그 뒤에는 그 사랑도 떳떳하다고 받아들여진 사회 인식의 변화가 있었다. 청소년의 권리, 욕망의 긍정, 자기 주체성, 다양한 삶의 가능성, 동성의 사랑……. 그 운동과 담론이 넓혀 낸 지평이 있었다. 나는 낯설면서도 낯설지 않은 풍경 앞에 고정되었다. 현실이 아닌 것처럼, 꿈을 꾸는 것처럼 갑자기 눈앞에 나타난 순간이 생생하게 비쳤다가 이윽고 사라졌다.

생각해보면 가슴 설레게 하는 친구가 내게도 있었다. 책만 끼고 살고 도무지 곁을 주지 않던 친구였다. 그 무관심도 냉소도 멋져 보였다. 그 친구의 사진을 몰래 오래 들여다봤다. 졸업식 때였다. "널 좋아했다"라고 고백했다. 그는 픽 웃었다. "우습지?" 그는 대꾸가 없다. 그것으로 끝이었다. 하지만 이전에 그는 내게 전화를 걸어 당시 유행하던 노래를 불러주고 일기장을 통째로 보여주기도 했다. 그게 사랑이 아니었을까? 나중에 생각했지만 그때는 늦었다. 출판사에 다닌 그가 편집한 책을 샀다. 단지 그 이름이 박혀 있다는 이유로 판권을 오래 보고 책꽂이에 꽂아놓았다.

『B사감과 러브레터』 같은 소설 이야기를 들지 않더라도, 학교에 갇혀 있는 거나 마찬가지인 친구들은 사랑에 대한 환상과 열망을 서로에게 투사했다. 학교 안에서 들뜬 마음이 이따금 흐르는 건 예사였다. 둘이 짝꿍이라고 불리는 친구들이 종종 있었다. 한 친구와 나는 주로 같이 책을 읽었다. 몇 권씩 책을 빌려주고 같이 얘기하고 시를 썼다. 〈죽음과 소녀〉나 〈레퀴엠〉 음악을 들으며 때 이르게 죽음의 문제도 고민했다. '넌 도스토옙스키를 좋아하니? 톨스토이를 좋아하니?' 겉핥기로 사뭇 진지하게 물을 때도 있었다. 병과 사랑과 배신이 난무하는 시를 써 보이고 굉장하다고 서로 추켜세우기도 했다. 이미 우린 알았다. 현실과 책은 달랐다. 그 친구는 가정 문제로 고민했고, 나는 입시의 중압감에 눌려 있었다. 하지만 어떻게든 사랑받고 존중받고 싶은 열망이 당시 우리를 책에, 음악에, 서로에 붙들었다.

잡지 『여학생』에는 시큰둥했지만 만화잡지 『르네상스』는 인기였다. 만화에는 우리나라 민주화 운동 상황이 반영된 듯 프랑스 혁명 이야기가 나왔다. 민중과 평등하게 산다고 특권을 버리는 귀족 이야기가 나오는가 하면 차이를 깨닫고 스스로 연인을 떠나는 단호하고 굳센 주인공도 나왔다. 멜로드라마적이었지만 그 속에 있는 내용은 새롭고 신선했다. 그때 친구들끼리 프랑스어로 인사하고 만화 대사를 줄줄 외워 일상에 써먹었다. “이제 곧 혁명이 일어날 거야! 부르주아는 물러날 거라구.” 잡지의 열렬한 애독자였던 한 친구는 그렇게 장담했다. 책에서 읽은 이야기는 현실과 달랐지만 사춘기 소녀들의 적극적인 상상이 일상과 겹쳐지며 생활을 극적으로 만들었다.

다음에는 최승자 시인과 고정희 시인의 시집이 친구들 사이에서 유행했다. 대학생 때 처음 읽은 잡지는 갓 세상에 나온 여성주의 잡지 『이프』였다. 대학에 여성학 강좌가 생겼고 일상 이야기를 페미니즘의 관점으로 쓰는 숙제가 주어졌다. 성인이 되어 연인을 만났다가 헤어졌다. 일상 속에서 사랑과 폭력과 존중과 위협은 뒤섞여 있어서 그 경계를 뚜렷이 알 수 없었다. 일상 이야기를 한다는 건 어디까지 말하고 말하지 않을지 가늠하며 통념의 경계에서 싸우는 일이었다. 책 읽기도 그랬다. 어떤 책은 즐거움을 주었지만 어떤 책은 상처를 주었다. 여성으로서 겪은 체험을 언어로 표현할 수 있게 북돋우는 책이 있는가 하면, 가부장적 관점으로 쓰여 소외감과 열패감을 느끼게 하는 책도 있었다. 텍스트의 한계와 나의 열망을 인정하며 다시 책을 읽었다. 한 여성이 변하려고 애쓸 때, 새 이야기로 세상의 지평을 넓혀줄 책을 찾아 나선다.

책장을 펼치며 얼마나 많은 눈물과 웃음과 한숨이 책 구절 속에 배어 있는지 느낀다. 비밀스런 탈주의 욕망과 거부의 몸짓도 들어 있다. 많은 작가들이 차분한 문장 속에 폭발하는 절규를 숨겨 두었다. 책갈피 속에 다음을 위해 던지는 메시지가 씨앗 폭탄처럼 숨겨져 있다. 책을 읽으며 생각한다. 그들이 다 못한 이야기, 우리가 더 하고 싶은 이야기. 여성들의 이야기는 어디에 가 닿고 싶어서 이토록 줄기차게 흐를까.

한 가지 떠오르는 일을 덧붙여둔다. 어머니는 책이 없는 어린 시절을 보냈다. 전쟁 후의 가난과 노동의 세월을 살았기 때문이다. 내가 초등학생이었던 어느 날, 어머니는 만화영화를 보지 말고 공부를 하라고 잔소리를 하러 방에 들어왔다. 조금만 더 보고 이제 안 보겠다고 내가 사정하는 통에, 어머니도 주저앉아 그만 나와 같이 〈빨간머리 앤〉을 보게 되었다. 여자아이 앤이 사내아이가 아니라고 다시 돌려보내질 뻔한 이야기였다. 마릴라 아주머니가 여자아이라도 괜찮다고 마음을 바꿔먹어 앤은 초록 지붕 집으로 되돌아온다. 그때 어머니와 나는 함께 눈물을 글썽였다. 그 순간 우리는 똑같은 걸 바랐다. 저 여자아이가 절대 버림받지 않고 꿈꾸는 집에서 살 수 있기를, 자기 꿈을 이룰 수 있기를! 어머니는 울음기 섞인 목소리로 말했다. "만화는 다 나쁜 건 줄 알았는데……." 어머니와 함께 벽에 등을 기대고 울면서 바라본 만화영화. 그건 어머니와 내가 여자로서 같이 한 최초의 독서였다.

함께 읽을 책

위험한 책읽기 허윤, 책과함께, 2023

카미유 클로델의 편지

서울에 카미유 클로델 작품 전시회가 열린다고 했다. 그 소식을 전한 친구는 기쁘고 흥분한 듯했다. 서울로 전시회를 보러 가자고 계획을 짰다. 그때 나는 고등학생이었다. 지방에 살면서 입시 생활에 쫓겨 서울은 거의 가보지 않았다. 친구는 당일치기로 다녀오자고 하면서, 부모님들이 걱정할 수 있으니 따로 말씀드리지 말고 우리끼리 후다닥 보고 오자고 했다. 아침 기차로 가서 전시회를 보고 바로 뒤돌아서면 저녁에 돌아올 수 있다고 꼬드겼다. 친구는 왜 망설이냐고 나를 재촉했다. 우리 우상인 카미유 클로델이 서울에 왔다고 하지 않은가!

친구들도 나도 카미유 클로델을 좋아했다. 그를 처음 안 건 우연히 책 표지를 보고서였다. 앞자리 급우가 안느 델베가 쓴 『어떤 여자』 전기책을 가지고 있었다. 표지에 카미유 클로델의 사진이 실렸는데, 큰 눈으로 정면을 담담하게 응시하는 얼굴이 마음을 사로잡았다. 누굴까? 여성 조각가의 이름을 처음 들었다. 그 책을 빌려와서 밤낮으로 열심히 읽었다. 책에는 조각품의 사진도 실려 있었는데, 처음 본 그 작품들이 친숙하게 느껴졌다. 여성들의 모습이 다정다감하게 담겨 있었기 때문이었다. 익숙하고 편안하고 낯설지 않은 감정이었다. 1990년대 초반, 그때는 반에 돌아다니는 만화책 한 권, 테이프 하나가 전 학급을 거치고 나면 모두의 관심사가 되었다. 카미유 클로델도 우연찮게 열풍이 불어 관심 있는 아이들의 마음을 달뜨게 했다.

전시회에 가겠다고 했다. 나와 그 친구, 또 후배 하나가 길을 나섰다. 그 후배는 마당에 있는 흙을 파서 커다란 덩어리를 빚고 큰 유리 상자에 담아 내게 선물했다. 나는 낑낑거리며 집에 가지고 갔지만, 쓸데없는 걸 받아왔다고 어머니의 타박을 들었다. 나는 그 작품이 클로델의 작품처럼 소중하다고 느꼈다.

우리는 교과서에 실리지 않은 카미유 클로델의 예술작품에 매료되었다. 그가 바위와 풀밭에서 뛰놀다가 흙을 파서 빚기도 했다는 이야기를 듣고는 더 가깝게 느껴졌다. 가진 것이 없어도 어떻게든 자신을 표현하고 말겠다는 결기가 좋았다. 우리는 모두 앞으로 소설을 쓰고 싶은 작가 지망생이었다.

세 명이 서울에 올라와 전시장에 찾아갔다. 먼저 눈을 끄는 건 한가운데에 있는 황금빛의 〈왈츠〉 상이었다. 여성은 기쁨에 몸을 한껏 맡겨 기울였고 남성은 그 손을 꼭 붙잡고 속삭이듯 얼굴을 맞대었다. 우리는 처음 보는 작품 앞에서 숨을 죽였다. 〈사쿤탈라〉도 있었다. 인도 서사시에 나오는 이야기를 작품화한 것이다. 남자는 무릎을 꿇고 팔을 올려 연인을 끌어안았다. 여성은 웃는 얼굴로 온몸을 기대 숙이며 환희에 차 있었다. 거침없이 솔직한 감정과 욕망이 그 작품을 멜로디처럼 감싸고 있었다.

그의 스승 로댕이 인간의 몸을 개성적이고 사실적으로 표현해 조각 작품에 현실성을 담았다면, 카미유 클로델은 여성으로서 실제로 보고 느끼는 삶의 경험을 진솔하게 작품에 담아내었다. 여성을 대상화하고 이상화하는 시대 분위기 속에서 그는 인간으로서 여성이 느끼는 진짜 기쁨과 슬픔, 구체적인 일상, 몸의 욕망과 환희, 세상에 대한 연결감, 자연과 이어지는 연대감을 작품으로 담아내었다. 그의 작품은 당대 여성에 대한 금기를 넘어섰다. "여성스러움과 제도의 관습을 거부하고 예사롭지 않은 내면의 힘에 자신을 맡기고자 하는 것"이었으며 "그 속에서 자신의 길을 가기로 결정한 것이었다." (『여기, 카미유 클로델』, 이운진, 아트북스)

카미유 클로델은 평단의 집중적인 공격을 받았다. 〈왈츠〉가 출품되었을 때 여성이 직접 누드를 표현했다고 지적받았다. 그는 작품을 발표하기 위해 조각된 여성의 몸 아래를 물결치는 치마로 뒤덮어야 했다. 남성 작가가 여성 누드를 표현하는 것은 당연한 시절이었다. 어떻게 여성이 남성 누드를 작품에 담을 수 있냐고도 비난받았다. 〈왈츠〉는 여론에 난도질당했다. 출품된 작품은 로댕의 작품을 따라 했다고 폄하 당했다.

실은 그 시대가 진짜 여성의 모습을 거부했다고 나는 생각한다. 남성들의 관념에 갇히지 않고 가부장제의 신화에서 벗어나 숨 쉬는 여성이 당당하게 벌거벗은 몸으로 세상을 마주해 똑바로 응시를 하자 세상이 당황해 버렸다. 살아 있는 여성의 솔직한 시선에 포착된 순간은 아름다웠다. 작품들이 이어졌다. 고개를 쳐든 어린아이의 당당함, 세월의 풍파가 얼굴에 새겨진 노파, 모여 앉아 소문을 퍼뜨리는 아낙네들, 사랑을 갈구하며 꿇어 앉아 애원하는 젊은 여성. 그의 작품에는 실제 일상에서 일어나는 일과 여성들이 겪는 삶의 감각이 담겨 있었다.

로댕은 표현할 수 없는 삶의 시선이었다. 로댕은 한때 제자였고 연인으로 삼은 클로델을 철저히 배신했다. 함께하겠다는 약속을 끊임없이 했지만 지키지 않았다. 그는 연인의 아름다움을 영감의 원천으로 쓰고 나서 등을 돌렸다. 그뿐 아니라 자신의 명예를 지키는 데 급급했다. 독창적이고 새로운 클로델의 작품이 출품되고 사회적으로 인정받는 길을 막았다.

근대 초기 여성 예술가들이 남성 중심 사회에서 자주 겪은 일처럼 자신이 결국 철저히 배신당했다는 것을 그는 나중에 깨달았다. 한국의 최초 여성 서양화가 나혜석도, 독일의 시인 잉게보르크 바하만도 그런 경험을 했다. 클로델은 작품으로 소통하고 살아남기 위해 필사적으로 노력했지만 가부장 사회는 전혀 호응하지 않았다. 빈곤과 질병이 찾아왔고, 노력할수록 비난과 좌절이 더해갔다.

그는 추방되어 남은 인생의 삼십 년을 정신병원에 갇혀 그곳에서 죽었다. "나는 목청을 드높여 나의 자유를 요구한다." 그가 동생에게 보낸 편지에서 한 말이었다.

얼마나 나오고 싶었을까? 부당한 대접과 갇힌 벽 안에서. 클로델의 작품이 여성의 세계를 보여주었다면 거울처럼 그에 반사된 것은 사회의 철저한 기만과 폐쇄성이었다.

처음으로 그의 편지들을 읽는다. 삼십 년 전 처음 본 예술가의 얼굴을 다시 한참 쳐다보았다. 그리고 그의 손으로 쓰인 글을 손으로 짚어가며 소리 내어 읽었다. 거침없는 열정에 차서 원하는 곳으로 날아오르기를 꿈꾸던 날갯짓의 소리를 들었다. 예술은 삶에서 나온다. 자기 삶을 성실히 겪고 느껴낸 자만이 예술가의 시선을 가지게 된다. 아무것도 할 수 없는 때라도 그는 예술가였다.

아름다움을 보려고 애쓰는 눈으로 풍경을 보고 풍경과 마음을 연결시켰다. 그 의미를 흙덩이에 불어넣어 새로운 조각을 만들어내기를 꿈꾸었다. 그는 조각을 빚던 손으로 뜨거운 편지들을 남겼다. 그가 한 것뿐 아니라 하지 못한 것도 유산이 되었다. 지금도 자신의 눈으로 세상을 보고 그걸 드러내고 싶어, 눈을 멀게 할지 모르는 빛 속으로 온몸으로 달려가는 이들이 있다. 그의 편지에는 당부가 담겨 있다. 우리는 모든 것을 남김없이 느껴야 하고, 그 의미를 밝혀야 한다. 손과 손은 맞잡고 몸들은 끌어안으며 단절되지 않고 영원히 연결되어야 한다. 그의 편지는 그 말을 하면서 무릎을 꿇고 우리에게 팔을 내밀고 있다.

함께 읽을 책

카미유 클로델 카미유 클로델, 김이선 옮김, 마음산책, 2010

빛이 된 사람

카메라를 샀다. 그 카메라로 집과 동네를 찍었다. 사진은 관계 속에서 나온다고 했다. 사진을 잘 찍고 못 찍고는 중요하지 않다고 했다. 초점이 흔들려도 찍는 이의 마음이 담겨 있는 게 의미 있다고 했다. 카메라로 찍은 건 고향과 집이었지만 정말 찍고 있는 건 기억과 나 자신이었다. 이따금 사물이 가진 고유한 느낌이 눈에 들어왔다. 어떨 때는 모든 것이 살아 움직이며 말을 걸었다. 유리창에 비친 나무 한 그루나 지나치는 사람의 표정 하나도 예사롭지 않았다. 어린아이와 마주 보고 웃는 어른, 단골과 도란도란 이야기를 하는 판매원, 손을 잡고 걸어가는 벗들, 햇빛을 지나치는 구름의 한순간.

모든 순간은 의미로 차 있었다. 카메라를 들고 보면 그랬다. 시선으로 재구성된 현실은 밋밋한 일상을 아름답게 탈바꿈시켰다. 햇빛은 잠시도 가만히 있지 않고 그 모습을 바꾸었고 그에 따라 사물들의 느낌도 달라졌다. 어머니가 보낸 한 핸드폰 사진에는 자신의 모습과 그림자도 같이 찍혀 있었다. 발밑에 쌓인 낙엽들의 어우러짐이 있었다. 빛과 그림자는 사진 속에 담겨 그날의 독특한 분위기를 대신 전해준다. 모든 것은 흘러간다지만 사진은 매 순간을 만날 수 있게 해주었다. 빛을 잡아둔 이유는 무엇일까? 그 순간에 담뿍 배인 인간의 사연과 자신의 감정을 다시 보이고 싶기 때문이다.

목소리를 빼앗긴 이들에게 사진은 특별했다. 말로 나오지 않는 사연도 때로 한 장의 사진으로 그 깊이가 가늠되었다. 그의 눈빛과 주름, 굵은 손이 그가 어떻게 살아왔는지 보여주었다. 취재를 가 보면 어떤 이들은 자신에게 사진이 없다고 했다. 단 한 장 있는 사진도 주민등록증에 붙은 사진이었다. 장례식할 때 그래도 한 장은 있어야 해서 그 사진을 쓰고 그냥 태워버리라고 말하려 한다고 했다. 자신이 보잘것없고 대단찮은 인생을 살았다고 생각하는 이들일수록 그랬다. 그러나 그들도 카메라가 주어진다면 어쩌면 찍고 싶은 것이 뜻밖에 많을 수 있다. 자신이 마주한 일상의 것을 찍는다면 그 의미가 드러날지 모른다. 빛을 만나면 꿈이 드러난다.

갤러리에 갔다가 한 사진작가를 우연히 만났다. 그는 평범해 보이는 물건을 찍었다. 놋쇠숟가락, 재봉틀, 한복 같은 일상의 물품들이었다. 하지만 특별한 사진들이었다. 그는 제주4·3 희생자의 유품과 유족이 간직한 물건을 작품으로 찍었다. 흰 꽃나무에 걸린 두루마기, 붉은 동백꽃에 눕혀진 저고리, 밥이 소복한 그릇에 얹힌 숟가락……. 그 사진이 눈에 깊게 파고들었다.

고현주. 작가의 이름이었다. 그는 투병 생활로 방에 이 년 동안 누워 있다가 창문으로 들어온 햇빛이 약과 먹을 물이 담긴 컵에 들어오는 모습을 하루 종일 주시했다. 사물이 빛을 만나 그려지는 이미지 안에서 사물에 대한 새로운 관점이 생겨 이 작업의 모티브를 얻게 되었다고 했다. 암 환자인 그는 오랜 치료로 여위었지만 눈빛이 굽힘 없이 반짝였다. 그는 남은 이가 간직한 유품을 통해 완전한 부재와 기다림의 시간을 보여주었다. 그 물건들에는 하나같이 빛이 스며 있었다. 따뜻한 빛은 사물을 은은하게 감싸고 그 모습이 드러날 수 있게 떠받쳐주었다. 작가와의 대화 시간에 나는 질문했다. 사진에 있는 빛에 대해 질문했다. 그는 보일 듯 말 듯 웃으며 대답했다. "빛의 순간이 있어요. 그 유품이 놓인 그때와 그

장소에 가장 잘 어울리는 빛을 찾는 거예요. 오래 기다리고 보다 보면 빛이 그 사물과 완전히 만나는 순간이 와요. 그 순간을 저는 찍는 거예요."

나는 말을 잃었다. 그런 생각은 해본 적이 없었다. 제각기의 유품을 살려주는 한 순간의 빛. 그 빛은 작가가 살려낸 단 한 번의 숨결이었다. 그래서 숨을 쉬는 유품의 사진이 관객 앞에 설 수 있었다. 그에게 사진은 아무도 기억하지 않는 유품에 숨을 불어넣는 한 순간이었다. 모든 이와 모든 사물에는 그 존재를 가장 돋보이게 하는 빛이 주어진다. 그 순간의 빛을 찾아 기다리고 낯선 길을 찾아 만나는 것이 그의 일이었다. 생명이 얼마 남지 않았는데도 그는 걸음을 멈추지 않았다. 삶의 마지막 불꽃을 고향인 제주도의 감춰진 역사와 슬프게 떠난 이들에게 뒤늦게 기도처럼 바치고 있었다. 그는 말을 덧붙였다. "유품 하나 없이 가족 없이 돌아가신 분들을 어떻게 기억할 수 있을까 고민했어요. 그래서 그분들이 학살된 자리에 직접 찾아가 불빛을 켜는 작업을 앞으로 할 거예요. 다음에는 이곳에서 그 전시를 하고 싶네요."

그의 다음 전시회가 열렸다. 하지만 그는 참석하지 못했다. 전시가 열리기 바로 이틀 전에 세상을 떠났다고 했다. 그는 끝까지 이 마지막 전시회의 준비에 힘을 쏟아부었다. 나는 손을 모으고 떨리는 마음으로 전시장에 들어섰다. 벽에 걸린 사진을 보았다. 벽을 채운 큰 사진에는 검은 파도가 몰아치는 거대한 해안이 펼쳐져 있었다. 그리고 그 해안을 따라 점점이 펼쳐진 붉은 불빛들이 수놓여 있었다. 하나하나 정성껏 붉은 보자기에 쌌다는 그 불빛들이 수없이 그 자리에서 빛나고 있었다. 거칠게 파도치는 해안가에서, 오래된 고목의 끝에서, 끝도 없이 황량한 벌판에서, 검은 바위 앞에서, 억울하게 희생된 이들이 마지막으로 떠난 그 자리에서 불빛은 살아 그 자리를 지키며 빛나고 있었다. 간절한 위로를 담아 빛나고 있었고, 애타게 그들을 다시 만나기 위해 전언을 보내고 있었다. 땅과 바다와 하늘을 향해 출렁이고 떠오르고 있었다.

그렇게 보이지 않는 이들도 이곳에 다시 나타날 수 있었다. 기억하고 있다고, 그들에게 한 땀씩 수놓듯 보내는 그 아름답고 정갈하고 슬픈 선물이 타오르며 상처를 어루만지고 있었다. 그 불빛 덕분에 장소에 깃든 영혼이 되살아나고 파도와 바람은 전령이 되어 떠난 이들에게 보내는 목소리를 실어 주었다. 우거진 수풀을 헤치고 끊긴 길을 이으며 세상에 잊힌 자리에 찾아가 풍등을 띄우고 손으로 싼 빛의 보자기를 하나씩 내려놓았다. 빛이 찾아오지 않는 자리에 빛을 들고 찾아갔다. 빛이 스미지 않는 파도에 빛을 띄우고 억울하게 죽은 이들의 마지막 나무에 기억의 등을 매달았다. 슬프지만 아름답게 자신의 마지막 추모를 바치면서 이제 당신들이 이 장소를 기억하고 떠난 이들을 추모해달라고 사진을 영원한 유품으로 남겼다. 어떤 빛은 그렇게 태어났다. 누군가의 목숨이 불빛을 켜 들고 그곳을 비추고야 말았다. 그 빛이 고요한 진혼이 되고 단 한 번의 기도가 되고 끝없는 약속이 되고 간절한 당부가 되었다. 이곳과 저곳을 잇고 남은 이와 떠난 이를 다시 연결하며 스스로 징검다리가 되어 이곳에 누웠다.

함께 읽을 책

기억의 목소리 허은실 글, 고현주 사진, 문학동네, 2021

3장

소수자의 말이 이어질 때

당신과 나는 친구입니까?

메이는 내 이웃으로, 중국에서 온 이주 여성이다. 우리 아이들과 메이의 아이는 어린이집에 같이 다녔다. 메이는 하얼빈에서 살다 한국에 왔다. 중국에서 보육교사였다는데, 서울에 와서 작은 회사에서 일했다. 몇 년간 돈만 벌고 귀국할 생각이었는데 한국인 남자와 결혼해 아이를 낳고 한국 국적을 얻었다. 메이는 몸집이 작고 통통했고 웃는 얼굴로 활기차게 말했다. 학습지 교사로 일했는데 회사 이름이 찍힌 빨간 연필을 한 움큼씩 주변에 선물로 주었다.

메이는 친절했지만 이웃의 '한국 엄마들' 사이에 끼기 어려웠다. 메이는 일을 했고 전업주부처럼 아이들을 품앗이로 봐주는 데 많은 시간을 낼 수 없었다. 말투도 달랐다. 이웃끼리도 계산은 냉정해서, 자신이 주는 것보다 받는 것이 적다고 판단하면 관계를 끊곤 했다. 게다가 한국식 대화는 미묘하게 경쟁적이었다. 웃으면서 의심하고 칭찬하며 질투하고 친절하면서 빈정대는 대화 앞에서 메이의 한국어는 겉돌았다.

메이의 아이는 혼자 놀았다. 엄마가 학습지 일을 하는 동안 빈집에서 밥을 먹고 알아서 시간을 보냈다. 자기 아이 챙기기만 해도 바쁜 이웃들은 놀이터에서 혼자 노는 아이를 못 본 척했다. 동무들을 데려가 저녁을 챙겨줄 때도 뒤에 슬금슬금 따라오는 아이는 모른 척했다. 주말마다 하는 야구 동아리 프로그램에 아이는 끼지 못했다. 아이는 운동장 문밖에서 지켜보았다. 메이는 왜 좋은 프로그램을 자기에게 입소문으로 알려주지 않는지 섭섭해했다. 이웃들이 아이를 데려다주고 챙기는 일을 떠맡게 될까 봐 피한다는 건 눈치채지 못했다. "저한테도 알려주세요." 메이는 이웃에 부탁했다. 알아야 할 게 많았다. 아이와 친구가 될 또래를 알아야 했다. 아이가 다닐 지역아동센터도 알아야 했고, 집값이 올랐는지도 알아야 했다. 혼자 노는 아이가 딱해 메이는 자기가 집에 없는 시간에 아이를 학원에 보내기 시작했다.

메이의 남편도 팔을 걷어붙였다. 아이들을 여럿 데리고 식당에 가서 점심을 사주었다. 자식이 초등학생이 된다음이었다. 하교 후에 아이들을 몇 명씩 모아 부모가 집까지 데려다주기로 했는데, 메이 대신 그가 왔다. 건설일을 한다고 들었는데 그날은 일이 없었던 것 같다. 아이들을 데리고 비싼 유기농 식당에 가서 밥을 사주었다. 자식과 잘 지내 달라고 말없이 부탁한 것이다. 어머니 대신 아버지가 왔다고 이웃들은 떨떠름해했지만 그 덕분에 아이는 친구들과 어울려 교문에서 나올 수 있었다.

아이의 친구가 집에 놀러 오면 그 아버지는 피자나 치킨을 사주었다. 직접 차를 몰아 친구를 집까지 바래다주기도 했다. 아이들은 아저씨가 농담을 잘하고 재미있다고 했다. 어른들 눈에 그는 마르고 겸연쩍은 표정을 짓고 있는 사내였다. 이웃들은 뒷말을 했다. 아이들이 그 집에 가면 게임을 많이 하게 되니까 관리가 안되어 싫다고 했다. 메이의 아이는 친구가 집에 오는 걸 좋아했다.

나는 크리스마스를 메이와 보낸 적 있다. 과학박물관에 갔다. 오래된 공룡의 뼈 주위에서 아이들은 뛰놀았다. 우리는 수다를 떨었다. 내가 책을 좋아한다고 하자 메이는 중국 소설 『홍루몽』을 읽어보라고 했다. 박제를 보더니 겨울에 아버지가 산에서 꿩을 잡아줬다고도 했다. 중국에는 소수민족이 많다며 핸드폰으로 검색해 사진도 보여줬다.

아이들이 크면서 다른 중학교로 제각기 가게 되자 우리 사이도 자연히 멀어졌다. 아이들은 여전히 연락했다. 문득 메이 식구의 안부를 물었을 때 아이가 그런다. "개한테 아버지 잘 지내시냐고 물으면 안 돼." "왜?" "아버지가 건설 일 하다 떨어져 돌아가셨대." 뜻밖의 대답에 나는 할 말을 잃었다. '메이는 혼자 아이를 키우며 살고 있었구나.' 메이가 마지막 전화를 했을 때, 겨울이었고 나는 골목길을 걷고 있었다. 전화는 받자마자 끊어졌다. 다시 전화를 걸었지만 통화가 되지 않았다. 조금 귀찮은 생각이 들었다. 어쩌면 그때 메이는 할 말이 있었는지 모른다. 누군가에게 하고 싶은 기나긴 이야기가 있었는지 모른다. 망설이며 거는 전화를 누군가 일찍 받아준다면 할 수 있는 말이. 받지 않는 전화 끝에 그는 더 말을 걸지 않고 자기 삶을 떠메고 묵묵히 살아낸 건지 모른다.

고등학생이 된 메이의 아이는 우리 아이와 같은 학원에 다닌다. 빨리 오라고, 네가 없으니 심심하다고, 같이 있고 싶다고 아이들은 자기들끼리 전화를 건다. 우리는 그렇게 서로 친구가 되지는 못했다. 메이는 알고 있었다. 웃고 있었지만, 주변의 보이지 않는 차별을 다 알고 있었다. 언제나 무시당하는 걸 느꼈고, 자신을 여전히 '외국 사람'이라고 불렀다. "한국 엄마나 외국 엄마나 같다"라고 말했지만, 아이가 엄마보고 집에서 중국어를 하지 말라고 할 때는 "엄마가 다른 엄마랑 좀 다르다는 걸 느끼는 것 같아요"라고 상처받은 목소리로 말했다.

'이주자에게도 봄이 오기를 기다립니다'라는 글귀가 적힌 책을 선물로 받았을 때 나는 메이를 생각했다. 우리가 무관심하게 빨리 걸어가느라 듣지 못한 목소리들을 떠올렸다. 그사이 이미 함께 이웃으로 살아가는 아이들을 생각했다. 책 제목은 『이주노동자를 묻는 십대에게』였다. 이 책을 아이 방 책꽂이에 꽂아놓을 생각을 하다가 나는 어쩐지 부끄러워졌다.

함께 읽을 책

이주노동자를 묻는 십대에게 이란주, 서해문집, 2021

나는 이방인이 아니다

한국에 사는 이주민들의 삶을 담은 책이 나와서 북토크 자리가 열렸다. 책에서 이야기해준 이주민들이 앞에 섰다. 사회는 인권운동을 오래 해온 이란주 씨가 맡았다.

베트남 유학생 짠반캄은 천안에서 일을 하고 오느라 비싼 값을 치르고 택시를 타고 왔다. 그는 한국에서 대학원 공부를 하면서 건설 일과 양파 작업 일을 한다. 한국어에 서툰 그는 사회자가 하는 농담에도 긴장된 모습으로 눈을 멀뚱거렸다. 무슨 일이 자신에게 더 낫냐는 물음에 양파 작업 일이 좀더 낫다고 대답했다. 식사는 베트남 식재료를 파는 곳에서 재료를 사서 음식을 만들어 먹는다고 했다. 꿈을 물으니 10년 후에도 한국에서 살고 싶다고 했다. 짠반캄은 유학하기 위해 가족이 은행에서 1300만 원을 빌렸고, 그 빚을 갚으려고 한 달에

100만 원씩 고향에 돈을 보낸다. 허가받지 않고 취업하거나 허가받은 아르바이트 시간을 초과하면 불법 취업이 된다. 2차 적발부터 불법체류자가 되는 것이다. 일을 하다가 시간제 취업 허용 조건을 벗어나는 취업을 했다고 범칙금을 물게 되었다. 종일 농장에서 일하고 식당에서 더 일해야 하는 처지다. 일당은 12만 원 정도다. 오늘 택시를 타고 와서 큰돈을 써버렸지만 이 자리에서 잘 대답하기 위해 애썼다.

고려인 4세 한나는 씩씩했다. 올해 고3인데 수시모집으로 미디어 학과에 벌써 합격했다. 한나는 열심히 노력해서 한국어를 잘했다. 학교 친구들이 자신에 대해 잘 모르자 역사 시간에 해외 체류 동포의 이야기를 모아 직접 발표했다. 어른들이 알려주지 않으니 자기가 나선 것이다. 한나는 한국에 잘 적응해 살아가는 이주 배경 청소년이다. 하지만 많은 이주 배경 청소년들이 언어 문제와 차별 등으로 어려움을 겪는다. 몇 년 전 러시아 다문화 학생이 옥상에서 폭행을 당해 가해자에게서 벗어나려다 추락사했다. 한나도 그 일을 인터뷰에서 얘기했고, "문화 다양성을 교육해서 사회에서 사람들이 잘 지낼 수 있어야 한다"라고 강조했다. 한나는 앞으로 미디어 콘텐츠를 공부하고 싶다고 했다.

부르키나파소에서 온 엠마누엘은 예술인이었다. 멋진 춤을 출 줄 안다. 엠마누엘은 아프리카예술박물관에서 최저임금의 절반에도 못 미치는 돈을 받고 여권을 압수당하는 등 부당한 억압을 당했다. 체불임금도 받지 못하고 본국으로 내쫓길 위험에 처했는데, 그 일이 언론에 크게 보도되었다. 예술가에 대한 노동 착취와 인권 탄압을 막기 위해 같이 싸워준 이들도 있었다. 그는 당시에 도와준 친구였던 한국 여성과 결혼을 했다. 엠마누엘은 서아프리카의 전통춤인 만딩고를 '봉쿠라지' 스튜디오* 에서 가르쳤다. 용기를 내어 함께하자고 힘을 북돋는 춤이다. 세 살 된 그의 딸은 줄곧 "아빠! 아빠!" 하고 소리를 쳐서 관객을 웃게 했다. 그는 이주민 예술가들도 한국인 예술가들처럼 예술 활동을 지원받고 싶다고 했다. 사회자의 청에 긴 팔다리를 시원스레 움직이며 그가 춤을 추어 보였다. 다정한 눈빛을 하고 활짝 웃는데 온몸에 생기가 뿜어져 나왔다. 한국 할머니의 어깨춤을 덩실

* '봉쿠라지'는 부르키나파소에서 서로 춤을 추며 용기를 북돋는 응원의 말로 춤을 연습할 수 있는 스튜디오의 이름이 되었다.

거리며 춰 보일 때 모두가 웃었다. 그가 왜 한국 남자들은 춤을 추지 않는지 궁금하다고 했다.

미얀마에서 온 띤테이아웅은 진지했다. 2021년 미얀마에서 군부 쿠데타가 일어났다. 세종시의 케이블 회사에서 일하던 그는 뭐라도 해야겠다는 생각에 미얀마 대사관 앞에서 시위했다. 그리고 '미얀마군부 독재타도 위원회' 활동을 시작했다. 모금 프로젝트를 해서 한국 거주 미얀마인들이 정기적으로 기부한 일당을 모았다. 그 돈을 미얀마의 민족통합 정부로 보내 민주주의를 지지했다. 지금 미얀마의 상황이 점차 나아지고 있다고 전해준다. 그가 미얀마어로 시를 낭송했다. 혁명가 민꼬나잉의 시 「맹세」였다. "당신 품으로 내가 갑니다. 동지들 붉은 가슴 열어 나를 반기소서!" 그는 절규하듯 진심을 다해 외쳤다. 조국을 위해 한국에서 바치는 시였다.

내가 인터뷰했던 캄보디아인 알렌은 부천에서 일을 하느라 이 자리에 못 왔다. 그는 한국 국적이 없어서 아기의 보육료를 때맞춰 지원받지 못했다. 비자 문제 때문에 캄보디아에 있는 어머니를 한국에 마음 놓고 부를 수도 없었다. 남편이 혼자 공장에서 일했지만 그 돈으로 셋이 살기는 어려웠다. 알렌은 결심을 하고 돌이 지난 아기를 캄보디아에 보냈다. 2년 안에 아기를 데려오지 않으면 아기 비자가 끝난다. 지금 알렌은 마음이 급했다. 공장에서 주간 일과 야간 일을 교대로 하면서 2년 안에 빨리 돈을 벌어 아기를 데려올 작정이다. 알렌은 아기가 캄보디아 말을 하게 되면 이곳에 와서 친구도 사귀지 못하고 한국어도 못 하게 될까 봐 걱정했다. "한국 여자는 이렇게 안 살죠?" 이주 여성을 인터뷰할 때 그들은 한국인인 내게 가끔 이렇게 물었다. 그들은 불평등한 자리에서 많은 것을 감내하며 애쓰고 버텨야 했다. 그 질문 앞에서 늘 할 말을 잃었다. 인터뷰할 때 품에서 떨어지지 않으려고 울다가 잠든 어린 아기가 생각났다. 그 아기를 안고 있던 거친 손이 지금도 생각났다.

북토크가 끝나고 다 함께 식당에 갔다. 띤테이아웅은 생선의 살을 발라 옆 사람들에게 나눠주었다. 미얀마 음식은 맵고 신 편이라며 한국 음식은 처음엔 입에 맞지 않았는데 이제 생각이 난다고 했다. 일하다 다친 얼굴에 밴드를 붙인 그의 친구가 옆에서 끄덕였다. 한나는 유창한 러시아어로 자기소개를 했다. 내가 아는 유일한 러시아어는 가수 빅토르 최의 노래 가사 한 구절이다. 내가 그 부분을 말해보니 한나가 발음이 좋다며 추켜세웠다. 짠반캄은 자기를 챙겨주며 이런저런 조언을 주는 한국 친구 곁에서 행복하게 웃고 있었다. 춤꾼 엠마누엘은 딸과 오손도손 얘기를 나누며 아내와 머리를 맞대고 있었다. 아프리카를 떠날 때 고향의 부모는 그에게 당부했다. "네가 그곳에서 너의 어머니, 아버지, 형제, 자매, 친구 모두를 가지면 좋겠다." 그는 이곳에서 그들 모두를 만났다. 그래서 이방인이 아니게 되었다.

함께 읽을 책

당신은 나를 이방인이라 부르네

익천문화재단 길동무 기획, 고기복 외, 후마니타스, 2023

내일을
함께하는 꿈

그가 나한테 커피 한 잔을 사주겠다고 한다. 인터뷰를 마친 다음이었다. 내가 사겠다고 하니 그러면 안 가겠다고 꼭 자기가 사겠다고 고집을 부린다. 카페는 음악을 크게 틀어놓아 시끄러웠다. 북한이탈주민인 그는 고향 이야기를 한다. "국경을 끼고 있어요. 우리 지역은 산이 많아요. 한국은 삼면이 바다잖아요. 우리 고향은 삼면이 산이에요. 압록강을 사이에 두고 겨울에는 강이 얼어요. 압록강은 단동 쪽이 깊지 다른 쪽은 얕아요."

그는 구로에 살고 있었다. 아는 사람들이 다 이곳에 있어 구로를 떠나기 싫다고 했다. 한국에서 여러 일을 했다. 식당 일을 하던 이야기를 하며 목소리가 높아졌다. "난 남한테 싫은 소리 듣는 거 싫어요. 자존심 상해서. 일단 남한테 싫은 소리 들으면 마음이 안 좋죠."

일하는 시간은 11시부터인데 10시에 일터에 와서 작

업복을 입고 준비했다. 그때 사장이 "일 안 하고 다 놀고 있다!"라고 소리쳤다. 대답을 하니 이번엔 "꾸물댄다, 발딱발딱 일해야지, 앉아서 뭉개고 있다!"라고 사장이 말했다. 그는 그 말에 화가 나서 밀대를 바닥에 쾅 놓았다고 했다. "사장님, 너무하네요. 말을 왜 그런 식으로 해요? 남의 월급 타 먹는 사람이라고 그렇게 얘기하면 안 돼죠." 그러자 사장이 이번엔 대든다고 소리 질렀다.

사장은 그가 북한이탈주민인 걸 알고 있었다. 사장이 유독 자신에게 그러는 것이 북한에서 왔다고 업신여기는 것처럼 느껴졌다. 주방에서 일하는 동료가 말했다. "그러지 마. 그런 말 들어도 월급만 타 먹으면 되지 않니?" 그가 대꾸했다. "언니야, 나 돈 안 벌어도 좋고, 내가 어디 가서 돈 벌 데 없을까 봐? 이런 수모까지 당하면서 안 한다." 그 자리에서 그는 옷을 바로 갈아 입고 나왔다. 사장이 "저거 저거!" 외치며 욕했다. 그는 월급 계산해서 보내 달라고 딱 부러지게 말하고 나왔다.

사장은 전화를 걸어서 이번에 우는소리를 했다. "그렇다고 일을 안 하면 우린 어떻게 하냐?" "그건 사장님 일이고, 월급이나 빨리 보내주세요. 오늘까지는 참겠는데 내일까지 안 보내면 신고할 거예요." 그날 저녁에 사장이 월급을 계산해 보냈는데 하루치를 빼고 주었다. 그는 자기가 일한 날짜대로 제대로 달라고 해서 받았다. 그리고 마지막에 말했다. "사장님, 아무리 이런 일 한다고 해도 직원한테 그런 말 하지 마세요. 어떤 직원이 오겠어요? 사람이 다 살아먹자고 일하는데 사장님이 그렇게 말하면 누구도 안 있을 거예요." 그는 내게 말했다. "탈북자라 얕봤겠지. 일을 준비하고 있는데 사람한테 뭉개고 있다고 하면 안 되죠." 그는 그 후로 자신이 한 일에 대해 이야기를 들려주었다.

어느날엔 꿈에서 돌아가신 아버지를 보았다. 그래서 아버지를 생각하며 술 한 병을 올렸다. 5월이 되면 그는 생각한다. '지금 풀도 얼마 없고 산에 나는 나물도 없으니까 보릿고개라 힘들 텐데. 개방이 되면 얼마나 좋을까. 남북관계가 풀려나갔으면 좋겠다' 하고. 이웃들은 그에 대해 잘 모르고 그 앞에서 "왜 개방하냐? 우리 세금이나 높이지." 하는 소리를 아무렇지 않게 했다. 그러면 그는 속이 상한다. 두고 온 가족이 그립지만, 만날 방법이 없다.

날마다 일기를 썼다. "글쓰는 건 일단 좋은 것 같아요. 쓰면서 되새겨보고, 심심하면 그걸 보면서 되새김도 하고. 자기 속에 있는 얘기는 남한테 말하면 거부감이 드는데, 내 친구 있잖아요. 일기. 말하지 못해도 쓰고 나면 좋아요." 앞날의 바람을 묻자 그는 고개를 흔든다. 오늘 하루를 살아내는 데 힘쓰느라 큰 계획을 세워 앞날을 내다보며 살지는 못했다고 한다. "사람이 살자면 무슨 구멍이 없겠어요?" 단지 그 말을 하면서 웃었다.

『나는 대구에 사는 평양시민입니다』는 브로커에 속아 한국에 입국한 김련희 씨가 가족이 기다리는 북한으로 돌아가기를 바라는 내용이 담겨 있다. 〈그림자꽃〉(이승준 감독)이라는 제목으로 2021년에 개봉한 다큐멘터리도 있다. 나는 이 책을 읽다가 눈물을 쏟았다. 김련희 씨가 가족에 대해 품고 있는 지극한 사랑 때문에. 이산가족이 된 한 사람의 외침에 우리 사회가 얼마나 무자비한 상처를 줬는지 목격했기 때문에. 독자들이 처음엔 무관심으로, 다음엔 의심으로 거리를 두어 읽는다 해도 가슴 속의 장벽이 그만 와르르 무너지는 경험을 이 책을 보면 할 수 있다.

영화에서 그는 북한에서 온 선수단을 만나기 위해 경찰이 막는데도 온몸으로 부딪히며 앞으로 걸어나간다. 우리를 가로막고 있는 것, 너무 익숙해서 싸우지조차 않는 것이 무엇인지 그는 온몸으로 보여준다. 핸드폰 영상으로 잠시 만난 가족 앞에서는 떨면서 운다. 그 얼굴을 보면, 한 사람의 감정에 공감할 때 우리 안의 무엇이 무너질 수 있는지 겪게 된다. 내가 인터뷰에서 들을 수 없었던 속내의 말, 일기에만 쓰이고 나오지 않은 말, 우리가 상상하지 못한 말이 무엇인지 알게 된다. "제가 바랄 수 없는 것을 바라나요? 가질 수 없는 것을 가지자고 합니까? 여러분도 부모와 자식과 남편이 있잖아요. 저도 부모님이 보고 싶고 딸도 안아보고 싶어요. 아무리 북과 남이 분단이라고 해도 언젠가는 같이 해야 할 동포 아닐까요?" 김련희 씨의 말이다. 우리는 오늘뿐 아니라 내일을 바랄 수 있다. 함께할 수 있는 내일을.

함께 읽을 책

나는 대구에 사는 평양시민입니다 김련희, 도서출판615, 2017

휠체어 위에서 말 걸다

유튜브에서 '굴러라 구르님'의 '이달의 휠체어' 편을 보았다. 푸른 한복을 입고 휠체어 바퀴에 수막새 무늬를 꾸며 궁궐 마당에서 찍은 영상이었다. 이야기를 담은 휠체어를 꾸며 보여주는 건 구르님의 개성을 보여준다. 조선시대에 휠체어가 있었다면 어땠을지 질문도 던진다. 어떤 사물에 대한 편견에서 벗어나 그것을 있는 그대로 보고 당당하고 아름답게 만들어보자는 뜻이다. 그런 시도에 갈등과 실패도 따라붙게 마련일 텐데, 구르님은 아름다움을 새롭게 보는 법을 기획하고 그것을 유튜브로 알린다. 누군가가 펼치는 새로운 풍경이 나타나면 다른 이에게도 보는 법이 알려지고 새로운 이해가 퍼져간다.

『하고 싶은 말이 많고요, 구릅니다』는 유튜버 구르님인 김지우 씨가 자신이 본 세상을 '유쾌하고 뾰족하게' 알려주는 책이다. 저자는 장애를 가진 어린 시절부터 지금까지 많은 일을 겪었다. 그 일들은 공론화되지 않아 일반 독자들이 새로 알게 되는 내용일 수 있다. 책에는 살아오면서 겪은 일뿐 아니라 그가 대처한 방식과 생각도 솔직하게 담겨 있다. 비상 대피 훈련을 할 때 학생들이 떠난 빈 교실에서 혼자 앉아 있어야 했다. 구르님은 그 일에 대해 문제의식을 가지고 자신의 모습을 영상으로 찍어 업로드했다. 그래서 담임선생님에게 사과를 받고 12년 만에 처음으로 친구들과 함께 대피 훈련을 받을 수 있었다.

영상으로 자신을 보여주고 자신이 세상을 보는 방식과 느낌을 알렸다. 정직하게 보여줌으로써 변화를 만들어낼 수 있다고 믿었다. 장애에 대한 인식과 사회적 제도가 제대로 갖춰지지 않은 나라에서 한 사람이 어떻게 고통을 통과해 자신으로 성장하며 그 세상을 천천히 바꾸어나가는지 보여준다. 자신은 남들에게 보이지 않거나 타자화되고 무성적인 존재로 취급되었다. 한 인간으로서 이곳에 공존한다는 것을 알려야 했다. 다른 이들과 함께 이곳을 같이 바꿀 수 있다는 것을 믿어야 했다.

어릴 때부터 병원 침대 옆에서 자신을 돌보아준 어머니 '현미'와, 다르다는 것은 더 많은 이야기를 할 수 있는 자리라는 걸 믿어준 아버지 '태균'도 응원해주었다. 흘끔거리는 시선에 맞서 싸우는 법을 알려준 친구도 있었고, 장애여성 인권운동을 먼저 한 멋진 여성들도 있었다. 그는 그들과 함께 자신의 삶도 어떻게 나아갔는지 말한다. 세상에서 만난 사람들은 연결되어 서로 영향을 주고 변할 수 있다는 것을 믿는다. 공포와 차별에 맞서 끊임없이 상상하자고 제안한다.

사람들에겐 다른 사람들이 보이는 것이 필요하다. 자신과 비슷한 모습을 가지고 자신을 사랑할 줄 아는 사람을 보아야 한다. 그런 사람을 보지 못하면, 사람들은 무엇을 통해 자신을 존중하는 법을 배울 수 있을까? 이 책은 용감하게 자신의 모습을 드러내며 다른 이들이 스스로를 사랑할 수 있게 북돋는 책이기도 하다. 미지의 누군가를 온몸으로 격려하는 책이기도 하다. 그렇게 그는 말을 걸며 자신의 삶을 펼쳐내고 우리 모두를 초대한다.

편견과 차별이 횡행하는 시대에, 타인과 자신의 가능성을 믿고 세상의 변화를 꿈꾸는 이야기는 얼마나 귀한가. 무관심으로 지나쳐진 자리에서 목소리가 들린다. 지금 이곳에서 진짜 일어나는 생동하는 이야기가 나온다.

존재를 알리고, 소수자의 삶에 대한 시야를 넓혀준다. 사이가 잘려나간 사람들을 다시 잇고 서로 보는 법을 배우게 하고 평등하게 공존할 수 있게 하는 책이다. 상상력을 가지고 세상의 풍경을 바라볼 때 무엇이 문제이고 무엇을 바꿀 수 있는지 볼 수 있게 된다. "다른 세상을 상상하자, 그리고 바꾸어내자"라고 휠체어 위에서 말을 거는 구르님의 목소리가 들린다.

함께 읽을 책

하고 싶은 말이 많고요, 구릅니다 김지우, 휴머니스트, 2022

청계천의 만찬

그때 청계천에는 우리가 만나 인터뷰를 했던 이들이 남아 있었다. 그중 황학동 삼일아파트 상가 가게의 '장군지 아주머니'는 우리 사이에서 유명했다. 인터뷰를 요청하기 위해 여러 번 찾아가야 했고 일이 거의 다 성사된 것 같은 순간에 아주머니가 취소해 버리기도 했다. 일행 중 한 명이 취재 욕심에 성급히 카메라 셔터를 누른 게 화근이었다. 아주머니는 단박에 기분이 상해 그만 하자고 하면서 내보냈단다. 어쩌면 아주머니는 진심으로 사람들을 만나고 싶었는지 모른다. 자기를 한 번 찍어가거나 벼 이삭을 훑듯 이야기를 쓸어갈 사람이 아니라 진짜 곁에 있어 줄 사람이 필요했는지 모른다.

청계천 공사와 아파트 재건축으로 가게 수입이 떨어지자 마침내 주인은 아주머니에게 다방을 나가라고 점포명도소송을 냈다. 아파트 철거 회사도 떠나지 않는 아주머니를 눈엣가시처럼 여겼다. 아주머니는 자기를 찾아왔던 작가에게 전화를 했다. "내가 인터뷰를 해주면 나에게 도움을 주겠냐?"라고 물었다. 그 질문을 받은 작가는 망설이지 않고 "인터뷰를 하시지 않아도 도움을 주겠다"라고 바로 대답했다.

그 작가는 법률문제를 해결하기 위해 한동안 동분서주했다. 아주머니는 곁에 머물러준 작가에게 마침내 마음을 열고 자기 이야기를 들려주었다. 22년 동안 청계천에 살면서 혼자 가게를 꾸렸고 미혼모로 딸을 키워내었다고 했다. 책이 나오자 작가는 재판정에도 책을 제출했다. 이분의 삶을 이해해야 하고, 이 삶이 기록된 것처럼 당신들의 행동도 기록될 거라는 숨은 경고를 담아서였다.

늦은 오후, 작가들이 청계천에 오랜만에 다시 찾아가보았다. 책에 나온 이들은 몇 년 동안 여전히 그 자리에서 살아가고 있었다. 황학동에서 노점상을 하는 이는 이제 손님이 없는데도 어항에 담긴 작은 붕어들을 팔고 있었다. 세운상가에서 공업 일을 하던 이는 그사이 뇌출혈로 기억을 많이 잃었지만 공업사로 나가 빨리 일을 해야 한다고 떠듬대며 말했다. 아주머니는 길에서 꿋꿋하게 음료를 팔고 있었다. 직접 담근 식혜를 팔아 생계수단으로 삼았다. 지나가던 이들이 종이컵에 담긴 식혜를 받아들곤 그 자리에서 벌컥벌컥 마셨다.

아주머니는 우리를 반기며 오백 원짜리 식혜를 한 잔씩 주었다. 달고 은은한 맛이었다. 그는 그때 어려운 상황에 놓여 있었다. 소송에서 패해 가게에서 내쫓기고 거처를 잃었다. 아주머니는 쫓겨나서도 평생 살던 곳 근처를 맴돌며 생존을 이어갔다. 가게는 남이 운영하는 식당으로 바뀌었다. 그 주인이 사람이 좋다고 아주머니는 칭찬하며 가끔 그곳으로 밥을 먹으러 간다고 했다. 우리가 들어갔을 때 식당 여주인은 작은 잡지를 읽고 있었다. 우리가 기록하는 일을 한다고 하니 "풀뿌리 민중의 삶을 기록하는 건 좋은 일"이라고 말해 우리는 놀랐다. 아주머니는 식탁 안쪽에 앉고 나는 그 맞은편에 앉았다. 다른 손님은 없었다. 햇빛이 창을 통해 빈 가게 안에 들어왔다. 벽은 새로 도배가 되어 있었다.

옆자리의 작가가 벽을 가리키며 내게 소곤댔다. 그전에 성화 엽서 몇십 장이 나란히 붙어 있던 벽이라고 했다. 최후의 만찬 그림도 성모 마리아의 그림도 있었다. 마구간에서 태어난 아기 예수의 그림도 있었다. 아주머니는 거친 세상을 헤쳐 나가며, "마음속에 수녀복을 입고 다방 안에 자기만의 작은 성당을 세웠다"라고 말했다. 이제 그 그림들이 벽지로 고스란히 덮여버려 네모난 자국들만 비친다며 그 작가는 눈물을 글썽했다.

하지만 아주머니는 된장찌개를 먹으며 스스럼없이 잘 웃었고 태연하게 이야기를 했다. 그건 이제 지난 일이었다. 아주머니는 언제나 현실을 마주하고 있었다. 어떤 곤경도 삶을 있는 그대로 누리는 그의 힘을 빼앗지 못한 것 같았다. 저녁 식사는 맛있었고 사람들과 함께 있어 즐거웠다. 그러면 되었다. 아주머니는 웃었다. 아주머니는 한탄하지 않았고 남에게 비굴하지도 않았다. 단지 자기를 인터뷰한 작가에게 태연하게 물었다. "우리 같은 가난을 겪지 않았을 텐데 어떻게 우리가 사는 세상을 알지요?"

그때 나는 그 말이 작가가 들을 수 있는 최고의 칭찬이라고 생각했다. 그 작가는 그분의 삶을 이해해냈다. 그러나 거기까지였다. 그가 속한 세상과 아주머니가 속한 세상은 다른 것이다. 같이 나가자고 하니 아주머니는 고개를 저었다. "나는 괜찮아요. 갈 길들 가세요." 우리는 뒷풀이로 주점에 들를 참이었는데 아주머니는 그 말에 놀라서 잠시 쳐다보았다. 식사를 하고 나서 무얼 더 먹는다는 건 그가 누려본 적 없는 사치였다.

밤에 아주머니는 이 건물의 계단참에 비디오 케이스를 깔고 잔다고 했다. 식당 주인이 허락해주어 이곳을 떠나지 않을 수 있게 되었다며 행복해했다. 아주머니는 나에게 〈부메랑〉(호세 지오바니 감독)이라는 영화를 보았냐고 물었다. 탈출하려는 이들이 성공했는지 실패했는지 결말을 알 수 없이 끝나는 영화. 자기 이야기도 독자가 내용을 상상할 수 있게 열어놓고 기록되었으면 더 좋았겠다고 했다. 날것 그대로의 현실이 이야기의 전부가 아니었으면 좋겠다고 말했다. 얼마 지나지 않아 아주머니는 돌아가셨다. 노숙과 병 때문이었지만 그가 끝까지 놓지 않은 꿈이 무엇인지 아무도 모른다. 『마지막 공간』에 남은 그의 웃는 얼굴을 보며, 나는 끝인 줄도 모르고 우리가 나눈 저물녘 마지막 만찬을 떠올렸다.

함께 읽을 책

마지막 공간 김순천 외, 삶창, 2004

하수구에 핀 세 잎 클로버

동네 복지관에서 '맘마미아의 발견, 찍다'라는 제목으로 행사가 있었다. 한 해 동안 모임을 함께 한 한부모들이 사진전시회와 영상상영회를 한다. 나는 글쓰기 강사를 했다고 초대받았다. 반년 만에 만나는데 모두 활기차고 밝은 모습으로 맞아준다. 하얀 블라우스에 붉은 리본을 달고 화사하게 화장한 모습이다. 글쓰기 시간 때 이따금 한숨짓던 모습은 온데간데없고 오늘은 즐거운 잔칫날 같다. 직접 행사를 씩씩하게 진행하며 앞에서 손님 소개도 하고 박수를 쳐달라고 한다. 둥근 테이블들이 나란히 놓여 있고 어린 아들과 딸, 나이 든 부모님, 이웃이 와서 말마다 힘껏 박수를 쳐준다. 몸과 마음이 따뜻해진다.

이들은 이혼을 했을 때, 사람들이 '이혼'이라는 말로 자신을 단정 짓는 데 놀랐다. 결혼생활을 하다 끝낼 수

밖에 없게 된 자신에게도 '이혼'은 생소한 말이었다. 혼자 아이와 사는 것, 혼자 돈을 버는 것, 혼자 집을 구하는 것, 모두 처음 겪는 일이라 낯설었는데 사람들은 '이혼'이란 말로 다 안다는 듯 굴었다. 사람들은 이들이 무얼 말하기도 전에 '이혼'이라는 단어로 그들을 다 설명해 버렸다. 그들은 이혼하면서 '이혼'이 어떤 생활을 의미하는 것인지 알게 되었고, 그 말에 사람들이 철석같이 가지고 있는 부정적인 시각이 어떤 것인지도 알게 되었다.

'한부모'라는 말을 들으면 이웃들조차 '가난'을 떠올렸고 쉽게 무시하기 일쑤였다. 한부모니까 으레 가난하다고 여겼고 가난하니까 친해질 필요 없다고 여겼다. "왜 이혼했어요?" 하고 은근히 비난했다. 다르다는 것은 따돌림의 이유가 되었다. 한부모가 되면서 세상에서 아직 한부모가 겪게 되는 몰이해도 배웠다. 그러나 '여성'이나 '주부'라는 이름이 다른 계층, 지역, 세대의 사람을 지칭하듯, '한부모'도 그렇다. '한부모'들도 모두 다르다. '가난한 사람들'이라고 단정 짓는 것은 한부모에 대한 편견이다.

나는 글쓰기 수업을 하면서 다양한 한부모들을 만났다. 대학원을 졸업한 전문직 여성도 있고, 청소 일을 하며 생계를 유지하는 이주여성도 있고, 뇌성마비와 지체 장애를 가진 여성도 있고, 자식들을 다 키운 노인 여성도 있고, 마을 일을 열심히 하는 활동가 여성도 있고, 기초생활수급자인 아픈 여성도 있었다. 이들은 모두 다른 이야기를 가지고 있었다. 같이 모였지만 각자 낯설었고 이야기를 통해 서로 만나갔다. 학력이 다르고 건강상태가 다르고 나이가 다르고 언어가 다르고 하는 일이 다른 이들이 '한부모'라는 이름으로 한자리에 모여 글을 쓰고 있었다.

가족 속에서 차별받은 이야기, 결혼생활 이야기, 일터 이야기, 자격증을 따고 공부하는 이야기, 자식 교육과 집세 걱정 이야기, 늙어가는 이야기는 우리가 얼마나 다른지, 또 비슷한지 알려 주었다. 모든 차이에도 불구하고 '한부모'라는 것 때문에 묶여지고 현실에서 억압과 차별을 받게 되었다. 이야기와 글이 우리를 만나게 해주었다. 똑같지 않지만 다르지 않은 사람들로서.

액자에 넣은 사진을 보았다. 하수구에 피어난 세 잎 클로버 사진이 있다. 한 한부모가 그 사진을 가리키며 "우리 한부모 같아서 찍었다"라고 말한다. 그 옆에는 자신의 늙은 어머니 사진이 있다. 그리고 웃고 있는 자식 사진도 있다. 집 앞의 골목 풍경, 가게들, 텃밭 모습도 찍었다. 이들은 일하다 돌아오는 길에, 아이를 돌보는 일상 속에서 눈을 들어 하늘을 보고 마주보고 동네를 찍고 땅을 보고 푸릇한 싹들을 찍었다. 눈길을 준다는 것은 사랑한다는 것이다. 응원하는 마음이었을 것이다. 오래오래 함께하고 싶은 마음이었을 것이다.

불이 꺼지고 조용해진다. 프로젝터로 영상이 상영된다. 이 순간을 얼마나 오래 준비하고 기다렸을까. 목소리가 흘러나온다. 일하는 엄마 대신 자신을 돌보아주던 언니, 빈집에서 놀아주던 언니가 학교에 가면 학교 앞에 쫓아가 쭈그려 앉아 쭈쭈바 두 개를 앞에 놓고 한없이 기다렸단다. 쭈쭈바가 녹아도 먹지 않고 언니를 기다리던 기나긴 한낮. "내 말을 유일하게 들어주던 언니 같은 사람을 다시 기다리게 된다." 목소리를 들으니 슬쩍 눈물이 났다.

또 헬스장에 열심히 다니는 다른 한부모 이야기도 나온다. 결혼생활에서 생긴 우울증을 극복하고자 열심히 운동을 하며 "마음이 아프면 몸도 기능을 못 해요. 마음이 아파서 내가 움직일 수 없었던 거예요. 이제 몸을 건강하게 해야겠어요. 마음도 살아날 수 있게요." 인터뷰한다. 그는 땀을 흘리며 열심히 운동하고 젊은 남자 트레이너는 자기 식대로 행동하는 그를 도와주느라 땀을 뻘뻘 흘린다. 모두 큰 소리로 웃었다.

장애를 가진 한 한부모는 자신의 어머니를 찾아가 인터뷰한다. 어떻게 자식을 키웠는지 어떤 걱정과 희망을 품고 자식을 지켜보는지 어머니는 덤덤한 얼굴로 이야기했다. 머뭇거리다 딸은 영상편지를 보낸다. "엄마, 고마워. 그리고 미안해. 엄마……사랑해." 그 영상이 나올 때 그는 부끄러워서 얼굴을 팔에 묻고 엎드려 있었지만 여기저기서 훌쩍이는 소리가 들렸다.

또다른 영상에서 어린 손자는 할머니의 숱 적은 머리를 빗겨 주었다. 할머니는 치매에 걸려 말을 잃어가고 자식인 딸은 그 곁에서 그동안 고마웠다고 속 썩여 미안하다고 잘 살겠다고 말을 한다. 늙은 어머니들은 전쟁을 겪고 고향을 잃었고 가난했고 세상의 차별에 시달리면서 가족을 지키려 애썼다. 그 곁에서 한부모가 된 딸들은 어린 자식의 손을 잡고 앞으로 더 잘 살아내겠노라 다짐한다. 보면서 알게 되었다. 가난이 얼마나 풍요로운 이야기를 담고 있는지. '가난하고 별 볼 일 없는' 사람들의 삶이 얼마나 많은 이야기를 가지고 있는지. 사랑하는 사람들과 함께하는 우리의 시간이 얼마나 활기차고 따뜻한지. 우리가 얼마나 다르지 않은 모습으로 살고 있는지.

네 잎 클로버가 없으면 어떤가. 시간의 성숙 속에서 내미는 따뜻한 악수가 이곳에 있다. 그토록 무시당했는데도 세상에 말 걸기를 멈추지 않고, 고통받았는데도 사람에 대한 믿음을 포기하지 않고, 외로웠는데도 사랑하는 능력을 잃어버리지 않았다. 모두를 위해 박수를 쳤다. 보아줄 사람들을 신뢰하고 우리는 자신을 드러낸다. 변화가 생길 수 있다고 믿기 때문에 상처와 희망을 함께 보여준다. 하수구에 피어난 세 잎 클로버처럼.

함께 읽을 책

가족을 구성할 권리 김순남, 오월의 봄, 2022

4장

눈물이 빛으로 연결될 때

이웃이 이름을 불렀다

그날 어머니는 근심이 많았다. 이래저래 힘들다는 자식들 걱정에, 끝없이 마음을 써야 하는 엄마라는 역할에, 늘그막의 늙고 지친 몸까지 모두 탐탁지 않았다. 기분을 풀어주려고 나는 애썼지만 어머니는 내 말을 듣는 둥 마는 둥 하고 무표정하게 길을 걸었다. 큰딸인 나는 비위를 맞추려다 되레 무안해졌다. 그때 서울시청 시민청에서 하는 전시회가 생각났다. 마침 근처여서 어머니에게 전시회를 보러 가자고 했다. "전시는 무슨……." 어머니는 그렇게 말하면서도 의외로 선선히 그쪽으로 걸음을 돌렸다.

전시장에 들어선 순간 어머니는 말을 잃었다. 그곳에는 세월호 유족들이 짠 뜨개 작품들이 전시되어 있었다. 전시장 가운데에는 노란 뜨개 작품이 천장에서부터 길게 늘어져 바닥까지 내려와 있었다. 시간을 마주하고 끝없이 짜내려간 작품. 마침표가 없는 작품. 영원히 끝나지 않은 작품이 눈앞에 있었다. 무언가를 만들어내려고 작심하고 짠 게 아니었다. 그저 막막하게 펼쳐진 시간을 앞에 두고, 그리움의 흔적을 매만지듯 한 올 한 올 떠나간 작품이었다. 보이지 않는 이들의 표정이 그 올들 사이에 숨어 있는 것 같았다.

어머니는 그 앞을 지키고 있던 한 여성에게 작품을 만져봐도 되냐고 작게 물었다. 뜻밖의 물음에 나는 속으로 놀랐다. 어머니는 말이 없었다. 바닥까지 길게 늘어진 노란 뜨개 작품을 두 손으로 어루만지고 가만히 서 있었다. 어머니는 손에 잡힌 그것이 시작되는 위쪽을 올려다보고 발밑까지 내려오는 아래를 내려다보았다. 어머니는 그곳에 서서 마침내 자신의 근심을 잊었다. 성에 차지 않고 잔돈 계산처럼 자잘한 일상의 근심을 잊었다.

나는 어렸을 때 어머니가 짜준 두툼한 귀마개를 문득 생각했다. 젊은 어머니의 손에 이따금 들려 있던 뜨개질감을 생각했다. 어머니는 신문이나 텔레비전을 챙겨 보지 않는 편이었지만, 지금 손에 잡힌 털실의 따뜻함을 통해, 한편 그 속을 보이지 않게 적시고 있는 눈물의 느낌을 통해 이 작품이 무엇을 뜻하는지 알아차렸다. 돌아오지 못하는 자식을 둔 이들이 있다는 것과, 그들이 이곳에 자신과 함께 살고 있다는 것을 깨달았다.

어느새 어머니의 표정은 달라져 있었다. 길에서 보인 성가신 표정은 사라지고 담담하고 차분한 얼굴이 되었다. 어머니는 벽에 걸린 목도리와 조끼 같은 작품을 둘러보면서 작품 설명까지 유심히 읽었다. "잘 보았어요. 감사합니다." 어머니는 그곳을 지키고 있는 여성에게 인사를 하고 나왔다. 어머니는 말을 걸고 싶어 했고, 소리 없는 응원을 하고 싶어 했다. 우리는 무엇인가가 좀 더 비워지고 허물어져서, 그래서 좀 더 채워져서 그 자리를 떠났다. 그 전시장을 가득 채운 뜨개 작품들이 우리가 보고 있던 방향을 조금 바꾸어 주었다. 어쩌면 우리가 시간을 쏟고 정말 근심해야 할 자리가 어떤 자리인지 일러준 것인지 모른다.

극단 노란리본 이야기를 다룬 영화 〈장기자랑〉(이소현 감독)을 보았다. 평일 낮, 단 세 사람이 관람하는 영화관에서였다. 뒷자리에서 담담히 보고 있다가 문득 나는 울었다. 세월호 참사 피해자 가족으로 구성된 극단 노란리본은 창작극인 '장기자랑'을 만들고 자식들이 다녔던 학교인 단원고등학교에서 공연을 한다. 온몸으로 누군가를 기억한다는 것은 어떤 일일까? 자식이 꿈꾸었던 무대에 대신 오르고, 자식이 즐기던 노래를 부르고, 자식이 좋아한 캐릭터를 연기하면서 이들은 존재한다. 자식을 이 자리에 존재할 수 있게 한다. 그러기 위해 온몸으로 애쓴다. 공연을 해내기 위해, 자신을 통해 자식의 모습을 볼 수 있게 하기 위해, 슬픈데도 큰 소리로 웃고, 주저앉고 싶어도 줄기차게 춤을 추면서 그들은 눈물을 뿌리치고 공연을 한다.

남은 사람들이 기억할 때에야 떠난 이들은 이곳에 올 수 있다. 부모가 몸으로 불러내는 자식들은 그 순간 무대에 함께 서 있었다. 푸른 바다를 뒤로 하고, 가고 싶었던 그 섬 위에 모두 고스란히 도착해 있었다. 그러기 위해 그 어머니들은 무대에 성큼 올라 경계를 넘는다. 엇갈린 눈물과 웃음 속에서 초혼을 하듯 자식의 이름을 이곳으로 불러낸다. 그 일이 삶과 죽음의 한계를 넘는 일이라는 걸, 오직 사랑의 힘으로 만남을 이어가는 노력이라는 걸 알았을 때 가슴 깊은 곳에서 울음이 터져 나왔다. 보잘것없는 삶이 아니라, 인간이 이렇게 위대한 노력을 할 수 있는 가치 있는 존재라는 걸 그분들이 일

깨워주었다.

『밥은 먹었어요?』는 일상을 지키며 기다림을 놓지 않은 또 다른 평범한 이들이 만들어간 뜨거운 시간의 기록이다. '치유공간 이웃'에서 세월호 참사 피해 지원을 위해 함께한 이들이 치유 밥상, 뜨개, 생일모임, 상담, 교육 등을 하면서 겪은 이야기가 실려 있다. 모임에서 말없이 뜨개를 하면서 시간을 견디는 법을 가르쳐준 이웃의 힘이, 유족의 손끝으로 전해지고, 그 뜨개 작품을 만지던 또 다른 평범한 이웃에게 전해졌다. 쫓아가 연극을 가르친 이웃의 힘이 무대에서 유가족과 생존자 가족이 힘껏 살아낼 수 있는 밑바탕이 되었다. 그 연극을 보고 웃고 우는 또 다른 이웃이 생긴다. 이웃들이 하나씩 늘어갈 때 이곳에 마침내 돌아올 수 있는 이름들이 있다.

함께 읽을 책

밥은 먹었어요? 이영하, 걷는사람, 2022

우리에게 질문하는 교실

안산의 세월호 가족이 안내하는 기억의 길에 함께하는 날이었다. 지하철을 타고 가면서 후드티를 입고 이어폰을 한 이들과 화장한 모습으로 연인의 팔짱을 낀 젊은이들을 봤다. 이 지하철에 타지 못한 이들을 떠올렸다. 어쩌면 이런 모습으로 이곳에 함께할 수 있었던 이들이 세상을 떠나야 했다. 일상 속에 그들이 있어야 했던 빈자리가 보인다. 우리 존재처럼 뚜렷하게 그들은 남아 있다.

4.16 기억교실에 갔는데 허재강 어머니 양옥자 님이 길잡이를 맡아 맞아주셨다. 먼저 희생된 학생들이 남긴 생전 영상을 보았다. 그들은 자기 꿈을 깔깔거리며 얘기했고 결혼과 취직, 여행에 대한 수다를 나눴다. 아무도 이 영상이 마지막이 될지 몰랐을 것이다. 평범한 학생들의 이야기였다. 그런데 이어진 참사 때문에 사무치게 그

리운 내용이 되었다. 영상이 나오는 동안 재강 어머니는 고개를 숙이고 핸드폰을 보았다. 영상이 끝났을 때 든 얼굴에는 눈물이 맺혀 있었다. 이 시간을 매번 견뎌내는지 모른다.

3층에 있는 2학년 1반 교실에 갔다. 희생자의 자리에 사진과 꽃, 편지가 놓여 있었다. 빈 책상 자리는 생존자의 자리다. 학생이 사라진 빈 교실로 들어갈 때 그 낯선 고요함에 걸음이 잘 떼어지지 않았다. 재강 어머니는 맑은 얼굴로 차분히 설명한다. 기억교실은 단원고 내의 부지에 세워질 예정이었는데 완강한 반대에 부딪혀 안타깝게 무산이 되었다. 그래서 단원고 2학년 교실의 모습을 4.16 민주시민교육원 기억관으로 이전해 그대로 재현했다. 칠판은 훼손이 없게 아크릴판으로 덮였고 선풍기나 천장의 패널도 이전 모습대로 복원되었다. 바깥 복도나 벽에 걸린 그림들도 이전 학교 때 모습 그대로 되살렸다. 교실 벽시계의 시간은 4시 16분으로 멈춰 있었다. 옆의 달력에는 4월 16일 날짜에 수학여행 가는 날이라고 동그라미가 쳐 있다.

재강 어머니는 오늘 어떤 학생의 생일인지 알려주었다. 그 자리를 다 같이 바라보았다. 미수습자 희생 학생의 자리도 알려주었다. 다른 반들에 가 보니 희생자의 수가 더 늘어나 많은 책상들이 기념품들로 덮여 있었다. 희생된 교사의 빈 탁자에도 노란 종이학이 있었다.

각자 교실을 살필 시간이 주어져 혼자 2학년 7반에 들어갔다. 내게 고등학교 교실은 자식의 담임교사와 상담을 하려고, 참관수업을 하려고 들어가는 곳이었다. 주인을 잃고 아무도 없는 교실에 발을 들여놓기는 처음이었다. 뉴스나 책으로 이해할 수 없는 생생한 느낌이 다가왔다. 어째서 이런 일이 벌어졌을까. 이런 현실이 눈앞에 있는 것일까. 어떤 설명을 할 수 있을까.

뒤쪽에 있는 빈자리에 앉았다. 곽수인 학생의 자리였다. 반에서 1번인 수인이는 사진 속에서 무덤덤한 모습으로 손으로 V자를 하고 있었다. 손이 얼굴을 반쯤 가리고 있었다. 반에서 1번이었는데 끝에서 두 번째 자리에 앉았다. 이 자리에서 수인이는 무엇을 보고 들었을까? 어떤 꿈을 꾸었을까? 외국계 회사를 다니며 자유롭게 사는 게 꿈이었다는 아이였다. 어째서 이 아이들은 없어져야 했던 것일까?

수인이가 앉았던 의자에 앉아 노트를 읽는다. 이전 방문객이 쓴 글들이었다. 그들은 바로 이 자리에 앉아 수인이에게 안부를 물었다. 이름을 부르고 잘 지내냐고 말을 걸었다. 그래서 끊임없이 아이를 되살려 내고 있었다. 수인 어머니 김명임 씨는 4.16 가족극단 노란리본의 단원이다. 전국으로 다니며 아이들을 기억하기 위해 공연을 하고 있다. 진상규명과 책임자 처벌을 위해 밤낮없이 싸우고 있다. '세상에서 가장 아름다운 어머니를 가졌다. 늘 너희와 함께 무대에 서겠다'라는 노란리본 극단 다른 단원의 글이 있었다. '네 어머니가 나에게 얼굴이 하얗다고, 예쁘다고 다정하게 인사해주어 마음이 아팠다'라는 생존 학생의 글도 있었다.

남은 사람들은 기억하고 이름을 계속 부른다. 우리가 기억한다면 이곳에서 아무도 떠나지 않기 때문이다. 어쩌면 내가 앉은 자리는 묻는 얼굴 앞에서 대답을 해야 하는 자리인지 모른다. 우리는 가만히 있으라는 지시 앞에서 가만히 있지 않고 이 세상 밖으로 나갈 수 있을까? 어른들을 믿어서 배신 당해 죽은 학생들이다. 순종하고 무관심한 타성에서 벗어나 아니라고 하면서 행동할 수 있는지 묻게 된다. 슬픔을 추방하지 않고 삶 속에 함께 두며 나아갈 수 있는지 묻게 된다. 지금도 생생한 그들의 꿈 앞에서 우리의 꿈은 어떤 모습이어야 하는지 묻고 또 묻게 된다.

노트에 어떤 내용으로 답장을 남길지 망설였다. 그때 교실 앞문으로 누군가가 들어왔다. 재강 어머니였다. 방해하지 않으려고 허리를 숙여 조용히 들어온 재강 어머니가 나를 보고 웃는다. 그러고 보니 이 반 오른쪽의 맨 앞줄 자리가 재강이의 자리였다. 액자 사진 속 재강이는 단정한 교복 차림에 안경을 쓰고 있었다. 그 사진 앞에 붉은 꽃 몇 송이가 꽂힌 흰 컵이 있었다. 재강 어머니는 이 반에 방문객이 와 있는 걸 보고 활짝 웃으며 앞문 쪽 자식의 책상 앞에서 사진을 찍었다. 그는 자기 아이를 만나려고 온 친구를 대하듯 그렇게 환하게 반기며 웃었다. "너희를 기억하는 사람이 있다"라고 어머니는 아이들에게 말해줄 수 있어 기뻐서 웃었다. 내 가슴 깊숙한 곳에서 울음이 나와 눈물이 흘렀다.

함께 읽을 책

기억의 공간에서 너를 그린다 박내현 외, 한겨레출판, 2024

호박 속에 담긴 웃음

이태원은 내가 사는 곳에서 멀지 않았다. 지하철을 타고 정거장 수를 세면서 그 역에 도착했다. 히잡을 쓴 여성 몇 명이 같은 역에서 내렸다. 눈앞에 높게 이어진 에스컬레이터가 있었다. 큰 여행 가방을 끌고 웃으며 대화를 나누는 여행객들이 간간이 눈에 띈다. 이태원역 1번 출구로 나갔다.

이태원 참사 1주기를 맞이해 '10 · 29 기억과 안전의 길'이 조성되었다. 역에서 얼마 떨어지지 않은 곳에 있었다. 노란 메모지로 덮인 벽이 보여 금방 찾을 수 있었다. 꽃다발과 과자, 사탕, 맥주, 소주, 커피, 컵라면이 바닥에 쌓여 있었다. 글씨가 적힌 종이들로 붉은 벽이 빼곡하게 덮여 있었다. 노란색, 연두색, 하트 모양의 메모지들. 그중에는 원고지에 써서 붙인 글도 있었다. 진심을 담아 또박또박 눌러 쓴 글자들은 글씨체가 달랐다. 서로 다른 글씨들이 서로 다른 눈물처럼 벽을 타고 줄줄이 흘러 내리고 있는 것 같다.

나는 그 앞에 손을 모으고 서 있었다. '미안하고 또 미안하다.' '부디 그곳에서 편히 쉬세요.' '영원히 기억할게요.' '10 · 29 이태원 참사 특별법 제정하고 책임자 처벌하라.' '별이 된 그대들 하늘에서 편히 쉬세요.' 하나하나 읽어 가는데 곁에 선 이가 울고 있는 모습이 눈에 들어왔다. 스웨터와 치마 차림의 여성이 쉬지 않고 울면서 나와 마찬가지로 벽을 마주 보았다. 그는 붉어진 눈으로 한참 그렇게 서 있다가 벽에 다가가 고개를 숙이고 글을 썼다. 천천히 쓰고 나서는 구석진 모서리에 테이프로 정성 들여 붙였다. 외국인인 듯한 점퍼 차림의 중년 남성이 카메라를 들고 줄곧 사진을 찍고 있었다.

눈앞에 있는 골목이 작년에 참사가 일어난 골목이었다. 나는 막연하게 그 골목이 큰길가에서 떨어진 외딴자리나 깊숙한 곳에 있는 가파른 골목일 거라고 상상했는데, 실제로 보니 그렇지 않았다. 오르막길은 큰길가에 있었고 경사가 완만하게 느껴졌으며 그 너머 양쪽 길 주변에는 음식점이나 주점이 즐비했다. 지금도 여행 가방을 끌고 분주히 지나가는 여행객이 여럿이었다. 오르막길 위쪽 바닥에 '10 · 29 기억과 안전의 길'이라는 금속 글자가 새겨져 있었다.

보도블록의 턱이 깨져 있었다. 길가 턱 위에 올라서서 있었다는 이의 증언을 읽은 적이 있다. 군데군데 부서져 떨어져 나간 자리를 쳐다보았다. 어떤 발자국이 닿았던 자리인지 모른다. 그때 사람들이 숨을 쉴 수 없어 서 있거나 쓰러진 채로 있었다. 몸이 공중에 들려 있었다고, 선 채로 친구에게 인공호흡을 했다고, 모르는 이에게 심폐소생술을 했다고 했다. 보고 있는 풍경에 책에서 읽은 증언들이 겹쳐 떠오른다. 고개를 드니 가게 2층에 나무가 한 그루 서 있었다. 묵묵한 나무도 이곳을 내려보고 있는 듯했다. "지금의 기득권이 세상에 존재하지 않게 될 때에도 저희는 존재한다는 걸 꼭 잊지 않으셨으면 좋겠어요. 미래가 어떻게 될지는 그 사람들 손에 있는 게 아니라 어떻게 보면 저희 손에 달려 있을 수도 있으니까요." 이곳에서 동생을 잃은 참사 유가족 진세빈 씨는 책에서 말했다.

그들은 기억이 모래처럼 흩어져버리지 않게 지켜냈다. 어떻게 사랑하는 가족을, 연인을, 친구를 잃었는지 증언했고, 생존자로서 참사의 현장을 밝혔으며, 혐오와 조롱에 맞서 진실을 위해 싸웠다. 이 길이 묻혀버리지 않고 '기억과 안전의 길'로 불릴 수 있는 것은 싸우는 그들과 기억하는 시민들이 있기 때문이다.

골목 입구에서 대여섯 명의 일본 여행객들이 가이드의 설명을 들으며 길을 보고 있다. 사진을 찍고 마지막에 합장을 하고 고개를 숙였다. 백인 여행객 두 명이 몇 번이나 주변을 맴돌며 유심히 둘러보았다. 길 가던 이들도 자주 멈춰 서서 길을 한 번씩 쳐다보며 이야기한다. 때로 안타까움으로, 때로 호기심으로 이곳을 바라본다. 이곳은 이전과 완전히 다른 곳이 되었고, 사람들의 마음에 남게 되었다.

핼러윈 때 쓰는 호박이 골목 입구 바닥에 놓여 있었다. 세모난 눈에 아랫니가 두 개 나온 긴 입을 하고 있었는데, 꼭지 부분은 물러져 속에 떨어졌다. 안전할 줄 알았다. 일 년에 하루는 이곳에서 긴장을 풀고 즐겁게 놀아도 되는 나라인 줄 알았다. 부자 나라가 되었다고 자축하면서도 계속 일류만 외치는 이곳에서, 하루쯤은 마음 놓고 축제를 즐겨도 안전할 줄 알았다. 그래서 많은 청년들이 죽었다. 물러져 상해가는 호박 속에 아직 담긴 웃음이 그곳에 모인 이들의 웃음 같아서 애달프다. 우리 사회가 그런 웃음을 이해하기에는 아직 천박하고 잔인해서 쓰라리고 미안하다.

『우리 지금 이태원이야』에는 희생된 이들의 생생한 모습과 말이 담겨 있다. 그 기억을 전해주며 남아 싸우는 이들의 목소리가 있다. 희생자들은 이제 이 세상에 없다. 이 세상에 남은 이들은 오직 살아 있는 이들뿐이다. 사랑한 이들의 빛을 포기할 수 없어서 생존자, 유가족, 희생자의 친구들은 말하기를 계속한다. 제각기 다른 기억을 가진 다른 이들의 걸음이 어느덧 한 방향을 향해 간다. 잊지 않고 기억하고 안전한 사회를 만들어야 한다는 것이다. 이렇게 진심으로 사랑하는 법을 알려주며 용기 내어 싸우는 이들이 있으므로, 우리는 그 곁에 함께 설 수 있다. 짓밟힌 웃음을 지키며 우리 지금 이태원에서, 다시 행진할 수 있다.

함께 읽을 책

우리 지금 이태원이야 10·29 이태원 참사 작가기록단, 창비, 2023

바다 위의 불빛

평화기행에 참여해 2023년 초에 베트남에 갔다. 베트남에 대해 아는 것은 그다지 없었다. 베트남 작가의 작품도 제대로 읽어보지 못한 것 같다. 베트남 전쟁이라고 불리는 전쟁이 정작 베트남에서는 항미전쟁으로 불린다는 것도 처음 알았다. 여행은 중부 지역인 다낭에서 시작했다. 아침에 본 다낭의 바다는 드넓었다. 흐린 날이어서 해는 구름 속에 있었고 바다는 회색을 띠고 있었다. 하지만 해가 잠시 비쳤을 때 물결은 금빛으로 찬란히 빛나며 층층의 물결을 모래사장에 치맛자락처럼 드넓게 펼쳐놓았다.

시내를 걷다 보니 곳곳에 향을 피운 제단이 보였다. 길갓집의 열린 문으로 방안의 높은 제단이 눈에 들어오는가 하면, 가게 안쪽 구석에 놓인 낮은 제단도 눈에 띄었다. 맥주를 파는 간이 식당의 플라스틱 의자와 테이블 옆에도 제단이 숨어 있었다. 코코넛 열매의 즙을 마시고 쌀국수를 후룩후룩 먹으며 생각했다. 제단을 지키는 이들은 누구를 기억하고 있을까. 이곳을 먼저 떠난 이들은 어떤 이들이었을까. 남아서 기리는 이들은 누군가를 떠올리고 있을까. 집에서 가게에서 사람들이 먹고 마시고 떠들 때 제단의 향 연기가 떠돌며 같이 머문다는 건 어떤 느낌으로 다가올까.

빠르게 스쳐 지나가는 풍경 속에 무언가 꼭꼭 숨어 있었다. 그것까지 들여다보고 싶어 짧은 여행의 참여자들은 애가 탄다. 여행가이드의 부족한 설명 대신 버스 창가에 붙박이로 앉아 밖을 내내 내다보며 비밀을 캐내려 한다. 비문을 갖춘 공동묘지가 창밖으로 지나가고 대리석으로 깎은 불상과 성상이 나란히 스쳐 간다. 산 중턱에 세워진 동상이, 집 꼭대기에 올려져 있는 성상이 무엇인지 속으로 묻는다. 죽음과 믿음, 이어지는 삶의 풍경이 전면에 드러나 칸칸이 물러서 갔다. 낯선 풍경도 있었다. 푸른 벼포기가 일렁이는 밭을 방금 보았는데 그 다음 풍경은 수확한 누런 곡식이 널린 마당이다. 시간은 겹치고 빠르게 지나간다. 길가 식탁에 사람들이 푸짐한 음식상을 둘러싸고 얘기 나누는 모습도 보인다. 흔한

오토바이도 빠질 수 없다. 오토바이 뒷자리에 헬멧을 쓰고 앉아 가는 여성이 나와 잠시 눈이 마주쳤다가 사라졌다. 그 앞에는 남편과 아이가 앉아 있었다. 잠깐 볼 수 있는 자리를 깊이 보고 싶어서 목을 뺀다.

참가자들은 걷고 싶어 했다. 싼값의 망고 바구니들을 끼고 앉은 주름진 노인들의 얼굴을 들여다본다. 단단하고 끄떡하지 않을 힘이 그 안에 자리 잡고 있었다. 박항서 축구 감독은 이곳에서 큰 인기가 있어 한국인에 대한 인식을 좋게 하는 민간 외교관 역할을 톡톡히 했다고 한다. 텔레비전 앞에 둘러앉아 축구경기를 보며 맥주를 마시는 이들은 골을 넣을 때 환성을 터뜨렸다. 물건값을 흥정할 때 손님의 요구에 못 이긴 척 값을 깎아주며 "한국과 베트남은 친구!"라며 웃는 젊은 상인도 있었다.

이곳에서 만나는 이들의 시선은 바깥의 사람에게 좀 더 오래 머물고 자신의 안쪽을 단단히 지키고 있는 것 같다. 이곳 사람들의 가슴속에는 우리가 겪지 못한 역사적 경험에서 비롯한 충만한 자신감이 있는 것 같다. 자신이 서 있는 자리가 소중하며, 이 자리를 자신들의 힘으로 지킬 수 있다는 자신감은 품위 있는 표정을 내면에 가질 수 있게 했다. 만약 자신들의 힘으로 나라와 자신의 것을 지켜낼 수 있다는 확신이 없다면 그곳의 사람들은 항상 강자의 눈치를 살피고 두려워하며 약자를 경멸하는 습성에 빠질 것이다.

작가와의 대화 자리가 있었고, 『전쟁의 슬픔』을 쓴 바오 닌이 왔다. 전쟁을 직접 겪은 그는 세계의 모든 전쟁은 인간에게 상처가 된다고 증언하는 작가였다. 그는 한국에서 다시 전쟁이 일어나지 않고 평화가 지켜지기를 바란다고 했다. 그가 참전을 통해 어떤 경험을 했는지 캐묻는 질문도 있었다. 구체적인 답 대신 그의 대답은 한결같았다. 모든 전쟁은 인간에게 슬픔이 된다는 것이다. "베트남에서의 전쟁이 끝나고 세계가 더 나아질 것이라고 꿈꾸었지만 지금도 전쟁은 일어나고 인간은 고통을 겪고 있다"라면서 늙은 작가는 낯빛이 어두워졌다. "21세기를 평화의 기원으로 맞이해야 하는데 더 잔혹한 전쟁이 일어나고 있습니다. 저는 열일곱 살에 참전했고 스물세 살에 베트남이 통일되었어요. 가장 먼저 한 일이 시신을 수습하는 일이었습니다. 그 많은 젊은이들이 희생되어야 했어요. 그때 저는 슬픔을 느꼈습니다. 정의로운 전쟁은 없습니다. 전쟁은 악행입니다. 한국에서도 다시는 전쟁이 없어야 합니다."

나는 그의 단편소설 「여전히 날아가는 흰 구름」을 읽었다. 비행기에 탄 노인이 가방에서 무언가 꺼낸다. 아들이 참전해 죽은 바다 위에서 그 어머니는 향불을 피운다. 다른 승객이 욕을 하지만 노인은 아들을 위해 꿋꿋이 그 자리를 지킨다. 아무도 기억하지 않는 죽음을 기억하며, 흔적 없는 바다 위에서 울면서 그 이름을 부른다. 전쟁의 슬픔을 기억하고 죽은 아들의 이름을 불러주었다. 그래서 그 바다는 죽은 바다가 아니라 산 바다가 되었다. 그 아들은 그곳으로 사라진 게 아니라 이곳에 남아 있는 사람이 되었다. 그 어머니는 잃어버린 이가 아니라 지켜낸 이가 되었다. 우리는 그 자리에서 함께 찾고 있었다. 우리가 무엇을 잃었으며, 아직 무엇을 마주 보지 못했는지. 떠난 이들과 남아 있는 이들을 묶어주고 함께 살아내게 하는 유일한 자리인 슬픔의 힘을 스스로 가지고 있는지 부끄럽게 되물었다.

함께 읽을 책

그럴 수도 아닐 수도: 베트남 작가 6인 소설집

바오 닌 외, 하재홍·김주영 옮김, 도서출판 아시아, 2020

그 후를 듣는 일

어두워지는 광화문 광장의 나무 아래에 그 여자는 말없이 서 있었다. 피켓을 들고 시위를 하고 있었다. 얼마 전 삼청동에서 열린 〈9: 아홉 번째 꿈〉 전시회에 갔다가 그가 찍은 사진들을 보았다. 지게를 지고 동거차도의 산길로 올라가는 유가족 부모들의 뒷모습을 찍은 사진이었다. 자신은 작다고 배려해주며 다른 이들이 자청해 일주일치 식량과 생수를 대신 짊어지고 올라갔다고 했다. 미안한 마음에 그가 뒤에서 찍은 사진이었다. 그 산꼭대기에서 배가 침몰된 자리를 보고 망을 서느라 오래 노숙을 했다. "지게……요즘은 지게를 누가 메요? 그런데 섬에서 우리가 지게로 나른 거예요." 그 말을 할 때 그의 눈에 눈물이 글썽였다. 내가 곁에 서서 인사를 하자 그가 문득 알아보고 인사해주었다.

그 곁에 나란히 섰다. 십 년 전 밀양에 가서도 어둑한 길에 서 있었다. 주민들이 새벽같이 송전탑 공사를 막기 위해 나오던 자리였다. 아직 시간은 일렀지만 일찍 나온 그들은 아무도 집에 들어가지 않았다. 추워서 피워놓은 모닥불이 금새 꺼져갔고 그들은 고개를 숙이고 꺼진 불보다 더 오래 그 자리에 있었다. 새벽빛에 하늘에 있던 달과 별이 사라졌다. “허망하다…….” 한 할머니가 그렇게 신음처럼 말했다. 오래 지킨 삶과 고향이 눈앞에서 짓밟히는 걸 보고 그는 모욕을 참고 그 한마디를 내뱉었다. 사과 궤짝이 있었는데, 그 안에는 다른 할머니가 들어가 웅크려 발목을 끌어안고 있었다. 이제 곧 경찰을 앞세워 송전탑 공사를 하려는 이들이 올라올 것이다. 이 길을 통과하지 못하게 그들을 막으려고 한다. 날마다 벌이는 실랑이였고 계속 지는 싸움이었다. 그런데 그날도 싸우기 위해 그들은 나왔고 모닥불 곁에서, 나무 상자 속에서 눈을 감고 있었다. 한 할머니는 연대자들이 왔다고 기뻐하며, 우리가 같이 막아만 준다면 자신이 한 명쯤 멱살을 잡아 내동댕이치는 것쯤은 할 수 있다고 큰소리쳤다.

송전탑이 세워지고 많은 사람들이 뿔뿔이 흩어졌다. 싸웠던 이들은 그 자리에 있지만 여론의 관심과 언론의 조명이 사라졌다. "우리가 조용히 있는 것처럼 보이지요? 언론에 안 나오니까." 현장에서 만난 어떤 이는 자신들의 싸움이 어느새 사람들에게 잊힐까 염려했다. 어떤 이는 지난 정권 동안 문제가 해결될 거라고 기대했는데 조용히 있으라는 말만 들었다고 했다. 다른 사안이 더 중요하니까 일단 기다리라고 했는데, 시간이 지날수록 대중들의 관심은 식었다. 시키는 대로 했지만 아무것도 해결되지 않았다.

그는 피켓을 꼭 붙들고 계속 말한다. "얼마 전에 이태원 참사 유족을 만났어요. 누구 부모 누구입니다. 그렇게 말하는데, 내 가슴이 아팠어요. 우리가 십 년을 싸워도 진실이 다 밝혀지지 않았잖아요. 그분들은 이제 우리처럼 그 과정을 처음부터 겪으며 싸우는데 무슨 말을 해야 할지 모르겠더라구요."

한 유가족이 전에 내게 말한 적이 있다. 자신이 참사를 겪었을 때 다른 참사 유가족이 와서 "미안하다"라고 했다. 그때 그는 그 뜻을 이해할 수 없었다. 왜 내가 겪은 일을 저 사람이 미안해할까 싶었다. 그가 다시 고백했다. 십 년을 싸우고 나서 그 후에 일어난 또 다른 참사 유가족을 만났을 때 자신이 그렇게 말했다고. 미안하다고. 겪은 일이 그대로 반복되어 "미안하다"라고 말할 수밖에 없었다. 그는 고통스럽게 말했다. 자신들이 좀 더 열심히 싸웠으면, 진상규명을 하고 재발 방지 대책을 세웠으면, 그런 전례가 하나라도 이 나라에 제대로 생겼다면, 이후 참사는 이어지지 않았을 텐데라고.

『밀양을 듣다』 책을 읽다가 덕촌 할머니가 한 얘기가 눈에 들어왔다 "희망을 갖고 있다. 내가 살아생전은 아니더라도, 언젠가는 (송전탑이) 뽑힐 건데, 내 뒤를 이을 사람들이 있어서 나는 마음이 놓인다." 계속해서 싸우는 이들에게 다음을 염려하고 당부하고 부탁한다. 부담을 주려는 게 아니다. 오히려 걱정하며 간곡한 요청을 한다. 자신들이 처음이 아니고 끝이 아니기 때문에, 그 사실을 보아버렸기 때문에, 그들은 그 자리를 지키며 힘닿는 데까지 싸운다. 그리고 옆자리에 설 사람들을 벌써부터 믿는다.

피켓을 든 그도 말했다. "시민이 옆에 있었던 것, 안산이라는 같은 공간에 사는 같은 처지의 유족이었다는 것, 그 두 가지 힘으로 십 년 동안 싸워 여기까지 온 것 같아요. 우리 힘만으로는 못 했을 거예요. 함께 해준 사람들이 있어서 온 거죠." 사람들은 계속 함께일 수 있을까? 피켓의 글을 쳐다보지 않고 지나치는 행인들 앞에서 생각했다. 날은 쌀쌀했다. 그가 팽목항에서 동영상으로 찍은 펄럭이는 깃발을 생각했다. "그 깃발이 우리 모습 같아 찍었다"라고 그는 말했다. "지금도 참사가 있었던 곳에 자주 가요. 계속 그 자리를 지키는데, 사람들은 다 끝난 일이라고 생각하다가 우리가 거기에 있는 걸 보고 놀라요. 문제가 해결되지 않아서 지금도 싸우고 있거든요."

나는 전시회에서 그 동영상을 지켜보다, 하염없이 기다리듯 펄럭이는 깃발 옆에서 작은 풀벌레 하나를 보았다. 초록색 풀벌레는 바다 쪽에서 올라와 울타리 위에 모습을 드러냈다. 내가 그 얘기를 했을 때 그는 그걸 보았냐며 기뻐했다. 눈길이 닿은 것은 모두 의미가 있었다. 작은 움직임도 소중했다. 이름 붙이고 의미를 더할 수 있는 순간이 있어서 외로움은 덜어지고 숨결은 이어졌다. 밀양의 할머니들도 그랬다. 송전탑이 세워지고 사람들이 떠난 자리에서 그림을 그렸다. "송전탑을 뽑아줄게, 소나무야, 자라거라." 말하면서. 그림 속에서 무너진 송전탑을 에워싸고 나무와 꽃과 풀이 사방으로 올라왔다.(『송전탑 뽑아줄티 소나무야 자라거라』, 김영희, 교육공동

체 벗)

어둠 속에서 여전히 피켓을 들고 있는 그가 말했다. “평범한 것들도 다른 눈으로 보면 의미가 들어와요. 더 많은 사람이 저희 작품을 보면 좋겠어요. 모르고 보면 스쳐 가거나 관심 없다고 눈을 돌리기도 하죠. 하지만 제가 사진을 찍은 건요, 기억해주고 싶어서예요. 서로 위해주는 마음, 대신 무거운 지게를 메고 가파른 산길을 올라가던 마음, 함께 산꼭대기에서 울면서 해가 지는 걸 보던 마음, 무릎이 상하도록 광장의 아스팔트에 내팽개쳐져 지내던 마음. 어려웠지만 떠난 이를 잊지 않고 문제를 해결하려고 애쓰던 마음. 그 끝에 우리가 여기 있는 거예요. 이곳까지 오게 된 거예요.”

함께 읽을 책

뒷자리 희정, 포도밭, 2024

희망의 시작

그는 서른두 살이라면서, 마이크를 잡고 이렇게 물었다. "이십 대에 세월호 참사를 목격했고 또 이태원 참사를 목격했습니다. 우리 또래들은 상처를 입었고 국가나 사회에 신뢰를 잃고 지금 각자도생하고 있습니다. 참사에 대한 혐오 발언과 2차 가해에 다시 트라우마를 입게 되니 나를 보호하기 위해 사건을 멀리 해야 한다고들 생각합니다. 우리는 무엇을 할 수 있을까요?"

마을에서 사람들이 모여 사회적 참사 문제의 경과를 얘기하고 앞으로 무엇을 할지 논의하는 자리*였다. 많은 이들이 모이지는 않았지만 드문드문 앉은 이들은 서로에게 골똘하게 귀를 기울였다. 나도 공감이 되는 말

* 전국순회간담회 @마포 <세월호 참사 진상규명의 의미와 향후 과제>, 2023.11.30.

이었다. 어느덧 마음을 다치기 싫어 움츠러드는 자신을 느낀다.

광화문에 가서 버스를 기다리다가 혐오 선동을 하는 이들과 마주쳤다. 그들은 전용차에 달린 큰 스피커로 혐오 발언을 크게 틀어놓았다. 딱히 주장이 있는 내용이 아니었다. 소수자에 대한 원색적인 욕설을 쏟아붓는 내용이었다. 그 소리는 끝없이 반복되고 있었다. 버스정류장에 서 있던 이들은 무표정한 얼굴로 참고 있다가 말없이 버스에 올랐다. 도시 한복판에서 참사에 대한 혐오를 선동하는 이들은 자주 눈에 띄었다. 빨갱이, 간첩, 북한 사주. 그들이 즐겨 쓰는 말이었다. 여성과 성 소수자 같은 이들도 공격의 대상이었다. 집회를 하던 참사 유가족은 “참사가 북한 소행”이라는 상대편 이들의 터무니없는 공격을 받았다. 말을 멈춘 채 마이크를 잡고 분노를 참느라 떨어야 했다. 반공주의의 해묵은 공격과 시대착오적인 색깔론이 시민들이 모여야 할 광장을 대신 활보했다.

내게도 떠오르는 경험이 있다. 도서관의 온라인 강좌로 시 쓰기 수업을 들을 때였다. 낯선 수강생들과 함께 듣는데, 카메라를 켜둔 이도 있고 꺼둔 이도 있었다.

몇 회차가 지난 후 나는 시를 발표했다. 강사가 평을 하기 시작했고 나는 경청했다. 어떤 소재로 썼냐고 물어서 전교조 교사 해직 사건을 소재로 썼다고 했다. 갑자기 인신공격성 댓글이 올라오기 시작했다. 얼굴도 이름도 모르는 한 참여자가 혐오 발언을 올렸다. "빨갱이 찬양시냐." 이런 공격이 이어지며 나보고 대답하라고 다그친다.

나를 직접적으로 겨냥한 말들이 거칠게 올라오고 다른 수강생들이 그걸 보고 있었다. 나는 불편하다고 말했지만 강사는 모른 척하고 수업을 진행했다. 모두가 보는 앞에서 욕을 먹으며 자리를 버티고 있었다. 무엇을 위해 참고 견뎠는가? 시를 배우기 위해서? 강사의 권위를 존중하기 위해서? 수업이 끝나 화면이 꺼지고 나자 비참했다. 그다음에는 두려움에 휩싸였다.

전화를 했다. 도서관 측 담당자는 이런 경우가 처음이라면서, 그에 대한 대비책이 도서관에 없다고 말했다. 그 수강생은 수업 중에 아무 제재도 받지 않았다. 강사는 내게 메일을 보내, 돌발적인 폭력이 일어났는데 자신이 마이크를 통제할 수 없어 최악의 상황을 피하느라 그만두라고 하지 못했다며 미안하다고 했다. 내 친구들은 당장 그 수강을 멈춰야 한다고 조언했다. 나는 담당자에게 다시 전화해 그 강좌 수강을 중단하면서 재발 방지 대책을 세울 것을 요구했다. 도서관 측이 수업 시작 전에 '타인에게 불편한 행동을 할 때 퇴장당할 수 있다'고 공지하고, 수강생 모집 때도 이를 미리 명시할 것을 약속받았다. 내가 수강을 끝낸 그다음 수업에서 그 가해자는 다른 수강생을 타깃으로 삼아 같은 행동을 일삼았다고 했다. 그때야 그는 온라인 공간에서 퇴장당했다.

빨갱이. 그 한마디로 방아쇠가 당겨지듯 냉전의 구호가 발사되기 시작했다. 나와 같은 무리에 끼지 않는 상대편은 적이다. 이분법적 논리는 분단 이후 익숙하게 자리 잡았다. 냉전이 끝난 다음에도 정치인들은 반공주의를 적극적으로 활용해 국민을 분열시켰다. 정권을 유지하기 위해서는 어떤 거짓말과 선동도 상관없다는 식이었다. 우리 편 아닌 적은 죽여도 된다. 이런 무서운 박멸의 논리가 일상을 물들였다. 병영국가는 민주주의와 다양성, 인권과 공동체의 윤리를 짓밟았다. 지금도 비판적인 시선으로 말하고 행동하는 이들은 주류 반공주의와 색깔론의 공격에 예상치 못한 큰 타격을 받는다. 분단과 대결 구도는 우리 사회의 민주주의와 소통을 가로막는 현실이다. 전쟁이 아닌 평화를 이야기한다는 건 용기를 내어야 하는 일이 되었다. 이분법과 배타성이 아니라, 복잡한 현실 속에 사는 다양한 이들의 공존을 이야기하려면 강요된 침묵을 극복하고 더 노력해야 한다.

앞에서 한 질문의 답은 이렇게 나왔다. 참사 유가족과 연대하는 활동가는 차례로 천천히 대답했다. “재난 공동체라는 말이 있습니다. 재난 공동체는 아픈 공동체가 아니라 위로하는 공동체입니다. 생각해보십시오. 바다에서 일어난 일이 육지에서도 일어났습니다. 저는 보고도 믿을 수 없었어요. 똑같은 참사였습니다. 참사 유가족들은 서로 만났습니다. 사건을 정치의 쟁점화로 만들고 매도하는 이들 때문에 피해자들이 연대를 못 했습니다. 피해자는 당사자들에 그치는 게 아니지요. 이 사회의 구성원들도 잠재적 피해자들입니다. 우리가 인간적으로 만나고 연결되면 삶의 활동과 운동을 함께 해나갈 수 있습니다.

불평등과 차별로 신뢰가 없어지고 각자도생하고 있습니다. 맞습니다. 하지만 우리는 지금부터라도 구체적이고 개별적인 관계를 맺고 가까워져야 합니다. 이전에도 우리 사회에는 서로 안부를 묻는 일들이 있었지요. '안녕들 하십니까?' 하고 서로 안부를 묻고 연결되려고 했습니다. 우리 사회에서 그런 움직임이 모여 연대해서, 참사 후 진상을 규명하려 하고 국가에 책임을 묻는 최초의 시도가 가능했습니다. 사회경제적 조건이 안 좋아졌다고 하지만 민주주의는 진전하고 있습니다. 사회적 참사가 사람들의 마음을 바꿔놓았지요. 이건 잘못된 일이니 가만히 있지 않겠다고 마음먹었습니다. 우리가 만든 마음입니다. 지금은 그 마음들이 머뭇거리며 잘 모이지 않는 것 같아요. 하지만 세상은 변하고 있습니다. 절대적인 권력은 없습니다. 그 마음이 사라지지 않게 지켜나가야 합니다. 그리고 다시 하나둘씩 모여야 합니다. 그렇게 세상이 바뀌는 겁니다. 다르게 살겠다고, 그럴 수 있다고 마음먹는 일, 우리에겐 그것밖에 없습니다. 그 마음이 얼마나 큰 희망입니까?"

함께 읽을 책

다시 내가 되는 길에서 최현희, 위고, 2022

5장

어머니와 딸의 언어가 연결될 때

어머니의 다정한 선물

어머니는 특별한 능력이 있었는데 그건 사람들과 다정하게 말을 나누는 것이었다. 어머니는 주변 사람들에게 관심이 많았고 먼저 인사를 하고 말을 걸었다. 낯 모르는 사람과 거리를 둬야 한다거나 타인이 위험할 수 있다는 건 안중에 없었다. 가끔 서울에 와서 한번씩 지하철을 타면 옆자리에 앉은 이와 말을 섞어 서로 생활을 시시콜콜히 듣고 말했다. 고향 방앗간에 참기름을 짜러 가선 같이 순서를 기다리던 할머니들의 삶을 통째로 듣고 왔다. 절대 속 얘기를 하지 않을 것 같은 사람들도 어머니가 잠깐 말을 붙이면 어느새 살아온 내력을 앞다퉈 말했다. 어떻게 그런 일이 벌어지는지 늘 신기했다.

아버지는 어머니를 보고 "사교성이 좋은 사람"이라며 혀를 내둘렀다. 아버지가 병원에 잠깐 입원했을 때 어머니는 옆자리 병상의 보호자들과 인사를 죄다 나누면서 환자가 어디가 아프고 어떤 게 고민인지 들었다. 병원 앞 새벽 풍경은 어땠고 산책로는 어떤 모습이었는지 보아두었다. 기차역에 대기하는 짧은 시간에 낯선 옆 사람과 마음을 트고 그 사람의 병과 받고 있는 치료에 대한 얘기를 들었다.

내가 어릴 때 어머니는 저녁에 일을 보러 나가선 밤늦게 돌아올 때가 있었다. 왜 이렇게 늦었냐고 물어보면 오는 길에 혼자 도라지를 까는 가겟집 주인을 보고 일을 도와주느라 늦었다고 했다. 내가 학생 때 어머니는 봉사로 독거 노인의 집을 청소하고 성당에서 무료 배식 일을 했다. 때때로 몸살이 나서 힘들어하면서도 봉사를 멈추지 않았다. 그렇다고 봉사를 받는 이들이 마냥 고마워하는 것도 아니어서 어떤 이는 트집을 잡기 일쑤였다. 그런 일이 있으면 가족은 분개했지만 어머니는 덤덤했다. "좀 별난 분이 있을 수 있지." 하고 넘겼다.

아버지는 별 신경을 쓰지 않다가 나중에는 어머니가 하는 일을 존경하는 눈치였다. 어머니는 동네에서 알게 된 여자아이가 학령기인데도 학교에 못 가고 집에만 있는 걸 보고는 학교에 직접 찾아갔다. 교장을 만나 아이가 입학할 수 있게 주선하고 곧 공부할 수 있게 했다. 우리 집에는 사람들이 자주 찾아왔다. 손녀가 학교 준비물로 앞치마를 가져가야 한다고 빌리러 오는 할머니도 있었다. 남에게 말 못 할 고민이 있어 찾아오는 이들도 있었다. 문제 해결을 위해 어머니에게 조언을 구하는 이들은 대부분 여자들이었다. 구멍가게에서 물건을 팔다가, 가게에서 빵을 굽다가, 농사를 짓다가, 밥을 하다가, 살면서 우울한 일이 생길 때 어머니를 떠올렸다. 시댁의 등쌀과 남편의 무시를 견디며 아이를 키우고 일을 하는 이들이었다. 여자들이 지혜를 모아야 하는 일은 많았다. 어머니는 항상 그 말을 귀 기울여 들었고 친절하게 대답했다.

최근에 어머니에게 물은 적이 있었다. 어떻게 그렇게 사람들과 잘 지냈는지 비결이 궁금했다. 새벽이었다. 어머니는 담담하게 말했다. "내가 사람들 말을 들어준 게 아니라 서로 그 자리에서 함께 주고받은 거야. 그러면 된 거지." 어머니는 자신이 남에게 뭘 해주었다고 여기지 않았다. 어머니는 어릴 때 아버지를 잃고 십 대 때 여공으로 공장에서 일했다. "내가 힘든 삶을 살았잖아. 다른 사람 삶도 들으면 그 마음이 이해가 되는 거지." 어머니는 자기 삶과 남의 삶을 구분 짓지 않았다. 그 사람의 이야기가 곧 자기 이야기나 마찬가지라고 여겼다. 모두 살아가면서 힘들기 때문이다. "또 존중하면 돼. 사람들은 대부분 존중을 받지 못하고 살고 있거든. 상대의 좋은 점을 보고 존중하면 사람들과 이야기할 수 있어." 어머니는 서로 의지하고 말하면서 같이 살 수 있다고 생각했다. 서로 존중하며 저마다 가진 것이 없어도 인생을 누리며 몫을 다하기를 바랐다.

어머니가 위하는 건 사람만이 아니었다. 어머니는 버려진 인형에 입힐 원피스를 털실로 짰고, 길에서 주운 물건들을 깨끗이 씻어 집에서 제자리를 찾게 했다. 살던 집이 철거되어 이사 간 다음에도 옛 동네에 자주 갔다. 어머니는 집이 있던 자리에 오랫동안 서 있었다. 마당에 있던 단풍나무 한 그루가 살아남아 있다고 기뻐했다. 방충망에 매미 한 마리가 붙어 있으면 사진을 찍었다. 옛 마당에 있던 매미가 잊지 않고 찾아준 거라고 어머니는 생각했다.

노벨 문학상을 받은 폴란드 작가 올가 토카르추크는 말했다. "다정함은 우리를 서로 연결해 주는 유대의 끈을 인식하고 상대와의 유사성 및 동질성을 깨닫게 해 줍니다. 이 세상이 살아 움직이고 있고, 서로 끈끈하게 연결되어 있으며, 더불어 협력하고 상호 의존하고 있음을 인식하게 합니다." 작가의 어머니는 '그리워하면 그 사람이 거기 존재하게 된다'고 알려주었다. "어머니는 세상에서 가장 다정한 서술자를 내게 선물"해주었다고 작가가 말했다.

나는 인터뷰 일을 하는데, 이 일에서 가장 중요한 건 서로 연결되어 있고 세상을 함께 만들어 갈 수 있다고 믿는 일이다. 다정함은 사람들을 이곳에 정말 살아남을 수 있게 하는 힘이다. 우리를 이곳에 있게 해준 이들의 다정함이 계속 소리 없이 남아 있어 우리를 앞으로 나아가게 해준다. 사람을 사랑하고 인생이 살 만한 가치가 있다고 믿는 일. 그것을 어머니는 내게 물려주었다.

함께 읽을 책

다정한 서술자 올가 토카르추크, 최성은 옮김, 민음사, 2022

조각보가 이어지는 자리

전화가 왔다. "누구세요?" 전화 건 쪽에서 내 이름을 부르며 내가 누구냐고 묻는다. '이종사촌이구나.' 단박에 알 수 있었다. 하지만 나를 어떻게 설명해야 좋을까? 오랫동안 만나지 못했다. 어릴 적에 몇 번 보았지만 이제 기억조차 아슴푸레하다. 그가 수녀가 되었다는 소식을 어머니에게 얼마 전에 전해 들었다. 반가운 마음에 그가 있다는 수녀원의 주소를 물어 소포를 보냈다. 선물로 보내는 책 속에 편지도 끼워 넣었다. 안부 인사와 함께 내 사진까지 넣었다.

"소포를 받았는데 누가 보낸 건지 몰라 열어보지 않았어요. 저한테 보낸 게 맞으세요? 누구세요?" 이종사촌의 낯선 목소리는 굵고 거침이 없다. "제가 친척이에요." 우물쭈물하며 대답했다. "네, 누구시라고요?" 저쪽에서 답답한지 목소리가 더 커졌다. 내 이름을 말했지만 누군지 모른다. 어릴 적 만났어도 기억이 안 나는 것이다. 이번엔 우리 어머니의 이름을 들었다. 그가 그 이름조차 긴가민가하길래 이번엔 어머니의 세례명을 알렸다. 설명을 덧붙였다. 당신에게 지방에 사는 이모가 있을 거고 만난 적도 있을 거다, 내가 바로 그분의 딸이다, 하는 식으로 소개가 장황해졌다.

"아!" 목소리가 누그러졌다. "이모님 딸이세요?" 어색한 소개가 끝났다. 나는 인사차 소포를 보냈다고 했고, 그는 수녀가 되어 오늘 첫 소임을 맡아 본원을 떠난다고 했다. 어디에 가도 씩씩하게 잘 헤쳐 나갈 것 같이 목소리가 듬직하다. 웃으며 인사를 하고 전화를 끊었다.

자매 사이에 왕래가 없으면 그 자식들인 이종사촌들은 멀어지게 마련이다. 기억 속에 우리 이모는 숫기 없이 웃는 얼굴을 하고 말없이 있었다. 어릴 때부터 묵묵한 편이었고 욕심 없이 온순했다고 했다. 이모는 언니들과 같이 공장에 가서 일을 해 가족의 생계를 도왔다. 결혼한 다음에는 드센 시어머니 밑에서 고된 시집살이를 했다. 딸을 둘 낳았지만 아들을 낳으라고 닦달을 받았다. 이모의 건강으로는 셋째까지 갖는 건 위험하다고 의사가 말했다는데 시어머니가 다그쳤다. 셋째딸이 태어났다.

이모는 우리 어머니처럼 가톨릭 세례를 받고 성당에 다녔지만 시어머니는 며느리가 자신과 다른 종교를 가지는 걸 싫어했다. 마당에 불을 피워 성경책을 태워버렸다. "그 집에 들어가기 싫다"라고 이모는 어머니에게 말했다. 마당에서 징을 치고 굿을 하는 소리를 들으면 이모는 무서워했다고 어머니는 나중에 말했다. 셋째를 낳은 지 얼마 안 되어 이모는 돌아가셨다. 막내딸이 아직 돌도 안 된 때였다. 어머니는 이모가 한 말을 지금도 기억한다. "내가 마음이 아픈 게 '언니야, 내가 돈 백만 원만 있으면 살 수 있다고 하던데.' 그 말을 평생 못 잊어. 그때는 남편 월급이 삼만 원일 때였거든." 이모는 돈이 없어 수술을 받지 못하고 스물아홉 살에 임신중독증으로 세상을 떠났다고 했다.

이제 나는 이모가 되어 동생의 아이들과 같이 그림책을 본다. 『엄마가 수놓은 길』이라는 그림책이었다. 책 속에서 흑인 여성들이 조각보를 수놓으며 차별을 극복하고 삶의 지도를 다음 세대에 물려주는 이야기가 나온다. "네가 태어나기 전에 있었던 모든 일들이 너의 길잡이가 되어줄 거란다." 나는 그 이야기를 읽으며 우리가 물려받은 조각보 같은 이전 세대 여성들의 삶을 생각했다.

조각보가 그렇듯 그들은 쉽게 잊혔지만 그 무늬는 남은 사람들의 가슴에 뚜렷이 남았다. 동생을 평생 기억하고 그리워하는 어머니의 가슴 속에, 자신의 어머니가 사랑했던 것을 다시 사랑하게 된 그 딸의 믿음 속에, 꺾일지언정 끝까지 삶을 지키기 위해 애쓴 걸음 속에 조각보는 펄럭였다.

어머니는 막내 조카의 결혼식장에 가서 성인이 된 세 조카들을 바라보았다. 자기 동생이 살아서 더 보지 못한 아름다운 풍경을 자신의 눈앞에서 보았다. 그리고 동생의 눈을 대신해 그 모습을 자신의 눈으로 보아주고 가슴에 그 모습을 간직했다. 기억하고자 하는 어머니의 이야기 속에서 이모는 언제나 함께 살아 있었고, 마지막까지 최선을 다해 살고자 한 이모의 이야기 속에 딸들은 자신의 길을 찾아갔다. 나는 이전 세대의 여성들이 얼마나 슬프고 용감했는지 기억하며, 지금 나의 삶에서 돌보고 지켜야 할 것을 위해 최선을 다한다. 또한 어린 조카들이 자신들의 꿈을 가지고 우리처럼 자라나는 것을 지켜본다.

어린 이종사촌은 흰 털모자를 쓰고 두툼한 방한복을 입었다. 나는 나보다 어린 그 애의 손을 꼭 잡고 단발머리 모습으로 사진을 찍었다. 그때 우리의 엄마들은 각각 갈색과 붉은색의 긴 치마를 입고 우리 등 뒤에 서서 양손으로 우리 어깨를 소리 없이 붙잡아주고 있었다. 우리는 등 뒤에 우리를 지켜주고 바로 세워주는 엄마들이 있어 그렇게 똑바로 앞을 바라보고 든든하게 서 있었다.

나는 아직 이종사촌의 얼굴을 다시 보지 못했다. 지난번에 그는 우리 어머니에게 전화를 걸었다고 했다. 자기 어머니의 사진을 혹시 가지고 있으면 보여달라고 했단다. 한 번도 사진을 본 적이 없다고 했다. 어머니가 편지로 전해준 사진을 보고 그는 이렇게 말했단다. "우리 엄마도 예뻤네." 수녀복 위에 놓인 사진 속 치마가 다시 펄럭이며 조각보를 잇고 있었다.

함께 읽을 책

엄마가 수놓은 길 재클린 우드슨, 최순희 옮김, 주니어RHK, 2022

어머니와 딸의 특별한 인터뷰

어머니에 대해 이야기하고 싶어 하는 딸들을 많이 만났다. 우리가 어머니에 대해 말하고 싶은 건 자신에 대해 말하고 싶기 때문이다. 타인을 다르게 해석하면 자신도 다르게 이해할 수 있다. 가까우면서 낯선 어머니라는 타자를 이해하면 우리는 가슴에 남은 질곡에서 벗어날 수 있을지 모른다.

어머니의 이야기를 듣는다는 건 다른 세계의 언어를 배운다는 뜻이다. 딸의 세계와 다른 언어로 이루어진 어머니의 세계에는 새로운 말과 침묵이 가득 차 있다. 어머니는 한평생 살면서 자기 시간 속의 햇빛과 그늘을 통해 고유한 무늬를 그 말에 새겼다. 딸은 그 세세한 나날을 모두 알 수 없지만, 어머니의 솔직한 이야기를 통해 차츰 알게 된다. 어머니가 살아낸 유일한 시간과 그만이 했던 선택을. 때로 사회의 편견과 구속으로 좌절하고 제약당했지만, 꿋꿋이 살아낸 힘을 알게 된다. 어머니가 선택한 시간은 딸의 시간과 맞물리며 이어진다.

한 사람의 삶의 언어를 알게 되면 그 속내의 견고함까지 느끼게 된다. 무력하거나 평범해 보이는 자리라도 그 삶을 버티게 한 것은 끝없는 책임감과 자기 존중감이었다. 그 존중감과 진심이 다음 세대에 물려준 유산이 된다. 어머니는 자기 말을 처음으로 경청하는 딸을 통해 자신의 가치를 생각하게 된다. 딸은 묻혔던 어머니의 이야기를 통해 어머니를 한 인간으로서 이해하게 된다. 다른 사람처럼 실패하고 불완전한 사람으로서, 어머니가 어떻게 자기 시대와 한계 속에서 이곳까지 걸어왔는지 알게 된다.

『나는 결코 어머니가 없었다』에는 어머니의 이야기와 함께 딸의 경험과 해석이 번갈아 나온다. 이야기를 듣고 이해하는 법, 경험의 연결점을 찾는 법, 성 역할 고정관념에서 벗어나 여성의 역사를 쓰는 법에 대해 작가는 말한다. 어머니는 대학교육까지 받았지만 주체적으로 살기 어려운 시대 환경 속에서 급작스러운 결혼을 했고, 결정권을 가지지 못한 채 평생 시댁과 가족을 돌보며 살았다. 집에서 어머니는 자기 자리가 없었지만 마음속에서 생각과 판단의 자리를 잃지 않음으로써 자의식을 지켰다. 딸은 어머니의 돌봄과 훈육 속에서 부당한 구속과 억압을 느꼈다. 당당한 자신을 "꺾으려는" 어머니의 노력은 성차별적인 환경에서 비롯했다. 어머니는 나중에 시대가 바뀌며 자기 육아 방식이 옳지 않았다는 반성을 한다. 딸은 결국 아무것도 자신을 완전히 꺾지는 못했다고 선언하며 자유를 찾는다.

인터뷰를 요청하는 딸에게 어머니는 네게 필요하다면 이야기를 해주겠다고 승낙했다. 딸은 자신을 위해 하는 이야기를 들으며, 완전하지 않아도 의미 있는 시간을 가진다. 살면서 마주 보지 못한 어머니의 얼굴 앞에, 침묵 속에 가려진 갖가지 진짜 표정 앞에 섰다. 딸의 삶은 어머니의 삶과 이어져 있다. 원망과 몰이해, 기쁨과 슬픔도 엇갈려 있다. 실타래를 완전히 풀어내기는 어렵지만, 자기가 아니면 아무도 주목하지 않을 어머니의 이야기다. 작가는 어머니의 어머니의 역사는 기록되지 못한 채 사라졌다는 것을 생각한다. 여성들의 연결 고리가 끊어지고 삭제된 것을 가슴 아파하며, 시간 속에서 곧 사라질 자기 어머니의 이야기를 소중히 되살려낸다.

여성은 모두 다른 사람들이다. 여성의 어머니들 또한

제각기 다른 사람들이다. 우리는 다른 얼굴을 보아내고 그 말을 들을 수 있을까. 작가의 어머니는 어려운 상황에서도 자의식이라는 내면을 지켰다. 자신이 선택할 수 없는 상황 속에서 행위의 주체로서 최선을 다했다. 어머니가 소리 없이 간직한 언어가 결국 딸이 삶을 버티는 자긍심과 용기로 이어져 전해졌다. 어머니와 딸의 언어가 마침내 연결될 때 여성사는 복원된다.

함께 읽을 책

나는 결코 어머니가 없었다 하재영, 휴머니스트, 2023

사랑하므로 이야기해준다

귀뚜라미 소리를 들으며 방에 누워 있으면 이제 기억에만 남은 이들의 얼굴이 떠오른다. 안동에 살던 우리 큰어머니는 류 씨였는데 하회마을 출신이라고 했다. 진짜 양반이라고, 사람들은 존경을 담아 말했다. 큰어머니는 작은 체구에 허리가 구부정했는데 잠시도 쉬지 않고 일했다. 디딜방아로 곡식을 찧고 아궁이에 불을 때고 솥에 밥을 했다. 소한테 먹일 여물을 쑤고 닭에 모이를 주고 들에 나가 모를 심고 밭일을 했다. 집에서 막걸리를 담그고 새참 때가 되면 음식을 해 날랐다. 명절 때면 음식을 장만하고 세배꾼들에게 차린 상을 내놓았다.

큰아버지가 장손이어서 챙겨줄 친척도 많았다. 인사하러 오는 이들이 빈손으로 돌아가지 않게 꾸러미를 들려주고 안팎의 대소사를 빈틈없이 치러냈다. 나와 동생이 초등학생일 때 큰집에 가면 솥에 감자를 한가득 쪄

주거나 손국수를 만들어주었다. 마루에 커다란 도마를 갖다 놓고 밀대로 밀가루 반죽을 자분자분 밀었다. 얇게 밀린 반죽은 둥글게 펴진 치맛자락처럼 넓어지고 착착 접힌 다음 숭덩숭덩 썰려 솥 안에 들어갔다. 우리는 그 뜨끈한 국수 맛을 잊지 못했다.

큰어머니는 숱 적은 희끗한 머리를 틀어 올려 비녀를 꽂았다. 농사일과 집안일 속에 '봉제사 접빈객(奉祭祀接賓客)'을 철칙처럼 지켰다. 큰어머니는 친절하고 과묵했지만 다른 식구까지 그런 건 아니었다. 사촌 언니는 "어떻게 남한테 다 나눠주고 살 수 있냐!"라면서 화가 나 자기 엄마한테 비죽이며 대들었다. 가난한 살림이었다. 다들 목숨을 지키기 위해 애써야 했다.

해방된 후 전쟁이 일어났고 어느 날은 집 앞에 인민군이 나타났고 어느 날은 경찰이 나타났다. 큰어머니는 자기가 이 집에서 어떤 존재인지 알고 있었다. 위에는 시부모가 있었고 아래로는 돌봐주어야 할 어린아이들이 있었다. 자식뿐 아니라 시동생들까지 있었다. 막내 시동생인 우리 아버지는 어린 시절 자주 앓았다. 고모는 아픈 동생이 눈에 밟혀 울면서 시집을 갔다. 아버지는 형님 부부를 따르면서 성장했다. 대가족 속에서 산 아버지는 언제나 성실했고 그래야만 했다. 대학생인 아버지는 방학 때면 고향에 돌아와 농사일을 했다. 담배 농사가 수입원이었는데 그 담뱃잎을 지켜야 등록금을 낼 수 있었다. 장마에 물이 차는 담배 건조실의 아궁이 불을 지키느라 뜬눈으로 밤을 지새워 일했다. 그렇게 해서 학업을 끝까지 마칠 수 있었다.

내가 대학생이 되었을 때 큰아버지는 나를 불렀다. 품에서 돈을 꺼내 주면서 진심 어린 목소리로 "축하한다"라고 했다. 나를 둘러싼 어른들은 기대에 찬 얼굴을 하고 있었다. 무슨 일이었을까? 자꾸 지난날에 대해 말하고 싶어 했다. 내가 나중에 글을 쓰게 되면 자신들이 살아온 일을 써주면 좋겠다고 했다.

거친 짚으로 짠 자리에 아이를 눕혀 놓고 땡볕에 일하다 오면 아이가 피가 난 채 울고 있더란 이야기, 소금과 절인 생선을 지고 산을 넘어 장사하러 다닌 등짐장수의 이야기, 소학교 때 창씨개명 했던 일, 전쟁 때 본 일들……. 살아낸 사람들은 역사를 가지고 싶어 한다. 평범하게 살아낸 자리가 실은 이를 악물고 지켜낸 자리였다는 것을 나중에 들으며 알게 된다. 하지만 평범한 이야기에 귀를 기울이는 사람은 드물다. 그 이야기가 품은 진주처럼 반짝이는 진심을 볼 줄 아는 이는 더 적어서 이야기는 곧잘 묻혀버린다.

『세 여자의 사랑』에는 1998년생인 김나은 씨가 1942년생인 할머니 유임순 씨를 인터뷰한 내용이 담겨 있다. 충남 태안 시골마을에서 태어나 스물여섯 살에 결혼한 할머니는 “나 살아온 그 고통을 풀믄 책 열 권도 모자르다”라고 했다. 시집살이와 육아, 끝없는 노동 속에서 할머니는 주어진 삶을 불평 없이 살아냈다. 교육을 받지 못하고 집에서 권한이 없었지만 묵묵히 최선을 다해 일해 다음 세대의 삶을 지켜냈다. 임순은 나은이 행복하길 바란다.

나은은 이혼한 어머니 도희의 이야기도 책에 담았다. 도희는 시어머니와 다르게 딸이 인습에 매이지 않고 더 넓은 세상을 볼 수 있도록 도시에서 교육을 시켰다. 비정규 일 속에서 도희는 소진되고 현실적 한계를 마주해 허탈했다. 뿔뿔이 등 돌린 가족 속에서 나은은 이 모든 이야기를 들을 수 있는 유일한 사람이다.

나은은 다르게 살고 싶다. 묵묵한 순종에서 벗어나고 눈먼 욕망에도 선을 긋는다. 자신의 목소리를 찾고 싶다. 할머니처럼 집에 얽매이고 싶지도 않고 어머니처럼 욕망에 휘둘리고 싶지도 않다. 목소리를 찾는 건 이들의 이야기를 잘 들어내는 것에서 시작한다. 할머니는 지난 세월의 풍경과 생활과 사람들을 꼼꼼히 떠올린다. 자기 욕구도 기억하고 스스로 일궈낸 자리에 자부심도 있다. 나은은 여성으로서 할머니가 간직한 언어의 힘을 알게 된다. 자신의 언어도 그곳에 뿌리가 닿아 있음을 긍정한다. 어머니의 외침도 그랬다. 현실에서 자리 잡을 데 없어 터지는 어머니의 고함도 자신에게 다른 삶을 전해주려 애쓴 치열한 몸부림이었다는 걸 이해한다.

상처는 아프지만, 그 아픔을 무릅쓰고 다른 이에게 이야기를 한다는 건 그 사람을 사랑하기 때문에 하는 행동이다. 우리를 지켜낸 누군가가 이야기해줄 때, 우리는 비로소 이해하게 된다. 풀리지 않았던 허기와, 부끄러운 결핍과, 숨어 있던 긍지와, 자신의 새로운 목소리를. 다시 시작해도 된다는 가능성을 깨닫고 앞에 놓인 시간을 똑바로 마주하게 된다.

함께 읽을 책

세 여자의 사랑 김나은, 이매진, 2022

할머니가
호랑이를 만났다

어머니가 친정 얘기를 하다 할머니 얘기를 했다. 어머니의 할머니니까 나는 보지 못한 분이다. 할머니는 평생 열심히 일했는데, 남편을 잃고 아들과 함께 살았다. 그 아들이 결혼을 하고 자식을 낳았을 때는 며느리와 함께 아이들을 돌보며 살았다. 아들이 병으로 죽었을 때 손주들에 의지해 살았다. 우리 어머니는 공장에 가서 야근을 하며 월급을 받았다. 그 공장에서 언니와 동생과 함께 일했다. 잠 못 자고 세 자매가 버는 월급, 그게 다른 가족을 한 달씩 살려주는 돈이었다. 어머니가 월급을 받아온 다음 날 돈을 주면 할머니는 "바로 주지 않고 왜 하루 지나 주는지 모르겠다"라고 했다. 그 하루 동안도 생계 걱정으로 애태웠다. 어머니는 결혼 전까지 식구 살림 걱정을 했다.

할머니는 '호랑이 할머니'라고 불렸다. 남이 불평을 하거나 경우 없이 굴면 단박에 호통을 치며 "안 되면 안 되는 줄 알지 잔말이 많다!"라고 큰소리쳤다. 싫으면 싫다, 좋으면 좋다는 의사 표현도 분명했다. 부지런했고 인물도 좋았다. 며느리에 대해서는 엄했는데, 종일 밥상의 음식 타박도 끊이지 않았다. 아들이 자기 아내를 아끼는 것을 보고 질투도 했다. 시어머니 노릇을 톡톡히 해서 며느리는 늘 주눅이 든 채 군말 한 번 하지 못했다. 보다 못해 딸들이 "왜 가만히 있어요! 한번 대들어요." 하고 말했을 때 그 며느리는 "어른한테 달려드는 게 어디 있나?"라고 되레 시어머니를 두둔했다. 그런 세월이었다.

하지만 우리 어머니는 할머니를 대체로 좋게 기억했다. 세상 풍파를 많이 겪은 할머니는 자기 주장이 뚜렷하고 판단력도 있었다. 남에게 분명히 의사 전달을 했고 화를 낼 땐 거침없이 화를 냈다. 사랑도 많아서 어린 손주들이 영화관에 가서 영화를 볼 수 있게 이따금 용돈도 줬다. 늦게 퇴근하는 손녀를 기다리며 마중하러 전봇대 아래에 서 있었다. 시집간 자기 딸들이 선물을 보내면 가족에게 골고루 나눠주었다. 할머니는 글자를 읽을 줄 몰랐다. 딸들이 편지를 보내면 다락방에 손녀를 데리고 올라갔다. 그곳에서 손녀가 읽어주는 딸의 편지를 들으며 눈물을 글썽였다. 우리 어머니는 그 어둑한 다락방에서 할머니와 단 둘이 마주 앉아 있었다. 글을 모르는 할머니를 위해 천천히 읽어주던 그 편지의 구절들을 지금도 기억하고 있었다. 어머니가 편지를 읽을 때 할머니는 어떤 얼굴로 그 앞에 앉아 있었을까.

할머니는 원래 깊은 산속의 외딴집에 한 사내와 혼인해 살았다. 그런데 사람이 없는 산속에서 거친 성격의 남편과 단둘이 사는 게 무섭고 괴로워 결심을 하고 그 집을 나왔다. 외동딸을 업고 산길을 걸었다. 한밤중 그 산길에서 진짜 호랑이를 만났다. 호랑이의 눈에서 불이 번쩍번쩍했다. 딸을 업은 그는 땅에 바짝 엎드렸다. 움직이지 않고 그대로 가만히 있으며 속으로 빌었다. 살려달라고. 내가 살려고 가고 있다고. 집을 떠나는 건 잘못했지만 나를 용서해달라고. 살고 싶다고. 그 앞에 있던 호랑이는 그대로 지나쳐갔다. 그는 산길을 내려와 김천에 갔다. 그곳의 식당에서 밥을 먹는데 "인물이 참하다"라며 식당 주인이 한 홀아비를 만나게 해주었다. 그렇게 새로 살면서 아들과 딸들을 낳았고 그 아들이 우리 외할아버지가 되었다.

할머니는 용감한 사람이었다. 자기 인생을 스스로 만

들어낼 줄 아는 사람이었다. 그 후에도 고생은 이어졌다. 남편은 재산을 관리할 줄 몰라서 할머니가 그 뒷감당을 하면서 일했다. 자식들은 돈을 벌겠다고 일본으로도 나갔다. 그나마 의지하던 아들은 별명이 '장군'이었는데 일찍 병으로 세상을 떠났다. 그다음 대들보처럼 아낀 큰손주는 교통사고로 죽었다. 어느새 힘이 다하고 약해져 남은 가족에게 의탁해야 했다. 평생 억척스레 일하며 살았지만 말년에 "돈이 없어 추운데 떨면서 살았다." 그 말을 들려준 건 우리 어머니였다.

어머니는 굿을 한다고 아픈 할머니가 까만 보자기에 둘둘 말려 엎어진 채 무당의 활갯짓 아래 놓여 있던 모습을 생생하게 기억했다. 아프면 약을 먹어야 하는데, 무당은 집 안에서 귀신이 붙은 자리를 눈에 불을 켜고 찾아다녔다. 마침내 새로 산 찬장을 지목했을 때 어머니는 달려가 두 팔을 벌려 그 앞을 가로막았다. 어른들이 나오라고, 귀신이 붙었다니 그 찬장을 버려야 한다고 무당의 말을 따라 했을 때 어머니는 외쳤다. "안 돼! 이걸 버릴 거야? 이걸 산다고 할머니랑 추운데 얼마나 떨면서 시장에서 고르고 골라 샀는데! 어제 산 새 건데! 절대 못 버려!" 어머니는 모두의 삿대질에 맞서 그 찬장을 용감하게 지켜냈다. 어머니가 지키고 싶었던 건 그 찬장뿐 아니라 자신의 피나는 노동, 할머니의 애타는 노력이었을 것이다. 그들이 위태롭게 지켜낸 일상과 이룩한 삶이었을 것이다. 남의 눈에 보이지 않아도, 그게 한낱 찬장에 불과할지 몰라도 그들에게는 그렇지 않았다.

할머니는 일흔여덟 살이 되었을 때 곡기를 끊었다. 아픈 할머니는 "밥을 계속 먹으면 살지, 굶어야 죽는다"라고 말했다. 몸이 아파서 이마를 벽에 찧었다. 물만 조금 마실 뿐 입을 열지 않았다. 하지만 눈이 반짝반짝 빛났다고 했다. 한 달 만에 할머니는 세상을 떠났다.

어머니의 할머니를 생각한다. 열심히 살았고 용감하게 사랑했으며 집을 떠나 새로운 길을 나서서 우리 어머니와 내가 이 세상을 만날 수 있게 목숨을 물려준 사람. 자신만의 새로운 이야기를 쓴 여자. 나는 이 이야기를 오늘 처음으로 들었다. 그분의 이름은 '이분이'였다.

함께 읽을 책

엄마의 말뚝 박완서, 세계사, 2012

깨꽃이 말한다

깨꽃은 희고 작다. 예전에 텃밭에서 흰 깨꽃이 핀 걸 본 친척 어른은 이렇게 혼잣말했다. “사람이 사는 것도 저 깨꽃 같아.” 한세상 살다 가는 것, 간 다음 돌아오지 않는 것, 잠시 동안만 피어나는 것, 떠나면서 흔적을 남기는 것. 평생 농부로 산 주름투성이의 친척 어른이 굽은 허리를 하고 낮게 한 말 한마디는 일과 삶에서 보고 배운 느낌이 실려 있어 그대로 시 한 편이 되었다. 그의 마음속에는 얼마나 많은 시가 들어 있었을까. 그러나 그 모든 것을 쓸 수 있을 만큼 커다란 백지는 주어지지 않았다. 다른 이들이 그렇듯 그도 별말 없이 평범한 한 생을 마쳤다.

길고 고단한 삶을 대가로 얻어낸 한 줄씩의 관찰과 성찰이 이 책에 적혀 있었다. 삶이 글이 되는 데는 힘이 필요하다. 바라볼 수 있는 힘, 쓸 수 있는 시간, 쓰고자 하는 결심, 그 마음을 유지시키는 노력, 보고 들은 것을 정확하고 자세히 쓰려는 연습. 그 모든 게 갖춰져야 한다. 자의식을 필요로 하고, 삶을 의미화하려는 끊임없는 욕구가 이어져야 한다. 그런 노력을 한 누군가가 마침내 삶을 글로 써낸다.

문장은 그 사람의 영혼의 모습을 보여준다. 무엇을 중심으로 보는지, 어떤 표현을 즐겨 쓰는지, 글의 길이와 리듬은 어떤지, 행간에 숨겨진 감정은 무엇인지, 모두 그의 내면을 오롯이 담아낸다. 소리 없이 살아가는 많은 이들이 글을 쓴다면 좋겠다. 그들이 보고 겪은 세계가 또렷이 이 세상에 되살아날 것이다. 그가 분투하고 지켜온 삶이 무엇인지 더 많은 사람들이 알게 될 것이다.

'순자'라는 이름은 그 당시 많은 여성들에게 붙여진 이름이었다. 비슷한 이름에, 전후 세대라는 비슷한 때에, 경제성장기라는 비슷한 시간대에, 정상가족 이데올로기가 강화되던 무렵에 그들은 살았다. 산업화가 시작되던 역사적 시기였지만 유교적 고정관념이 온존하고 성차별이 심하던 시기를 살아야 했다. 나는 이 책이 그와 동 세대였던 여성들의 숨은 영혼의 모습까지 보여준다고 생각했다. 전업주부, 노인, 황혼 이혼, 비정규 노동자……

같은 껍데기 말에 가려진 진짜 여성들의 이야기를 생각하게 된다.

저자의 아버지는 전쟁에 참전해 죽었다. 아버지의 얼굴을 본 적 없이 그는 자랐다. 가족에서 아버지가 없었고 사회 상황도 어려웠다. 그는 명동 성당에서 농성을 하고 더 민주적인 국가를 만들기 위해 싸웠지만 그 노력은 짓밟히기 일쑤였다. 당시 정부는 반공을 내세우며 사회 구성원들의 민주적 열망을 억압하는 데 주력했다. 노동조합을 제대로 만들려는 노력도 어이없이 묵살 당했다. 동성동본이라고 해서 사랑하는 이와 결혼하지 못하고 헤어져야 했다. 사회의 성차별은 삶의 가능성을 한계지었다. 무엇이 가능하고 가능하지 않은지, 무엇이 의미있고 그렇지 않은지, 무엇을 감내해야 하고 참지 말아야 하는지 그는 스스로 배워나가야 했다.

전업주부라는 공식 기억 속에도 많은 이야기가 숨어 있었다. 대가족의 요구에 순종한 며느리의 삶처럼 보여도 실제 그가 기억하는 것은 적극적인 돌봄의 경험이었다. 실향민 대가족 속에서 그들을 위해 음식을 푸짐하게 대접하며 그 순간 모두 넉넉할 수 있었던 시간을 그는 뿌듯하게 기억했다. 외로운 사람들을 위해 자리를 버텨내고 그들을 보살필 수 있었던 세월은 무의미하지 않았다. 하지만 그 이면에는 가정폭력의 고통도 숨어 있었다. 집에서 견뎠고 이혼을 했고 열심히 일했지만 나이 들어 제대로 된 일자리를 구할 수 없었다. 그는 자신이 무엇을 했는지 돌아본다. 쉴 새 없이 타인을 돌보며 이십 년이 넘게 호스피스 자원봉사를 하면서 주변을 살폈다. 그는 이제 자기 꿈을 위해 문예창작과에 진학했다. 그는 막 자신의 삶을 시작하려고 했다. 이 책은 첫 산문집이면서 유고집이 되었다.

한국전쟁 후에 태어난 베이비붐 세대의 여성들을 생각해본다. 새 나라와 새 삶을 원하고, 자신의 꿈을 실현하기 위해 노력했다. 산업화 시대에 일터와 집에서 끊임없이 노동했다. 결혼생활의 모순에 속 태우고 괴로워하면서 돌보는 마음을 잃지 않으려고 애썼다. 보수적인 사회 풍조에 겉으로 고개 숙였지만 마음으로는 지지 않았다. 가난에 대해 잘 알았고, 옳고 그른 것에 대한 명확한 판단도 있었다. 나이 들어서 요양보호사로, 돌봄 노동자로 사회의 보이지 않는 자리를 떠받쳐 일하는 이들이다. 묵묵히 살아온 시간을 자신의 존엄이라 여기며 삶을 지키기 위해 계속 노력했다. 그들의 보이지 않는 노력과 결심과 돌봄이 없었다면, 지금 세상의 모습도 많이 달라졌을 것이다. 그들이 세상에 소리 내고 글을 쓰기 시작했다.

때로 그들은 비난을 받았다. 다음 세대가 보기에 그들은 너무 가부장적이었다. 그들이 견디고 살아온 문화를 다음 세대에 강요하는 듯도 했다. 때로 그들은 세상에 소극적으로 보였다. 사회적인 문제보다 가족의 안위에만 관심을 기울이는 듯했다. 생존을 위해 너무 많은 걸 쏟아붓는 침묵의 세대처럼 보이기도 했다.

책을 읽는다. 한 사람이 살아낸 용기 있는 시간을 다시 읽는다. 겉으로 무의미한 작은 흔들림처럼 보여도 초인적인 인내심으로 꽃을 피우려는 흔들거림이었다. 선택할 게 많지 않은 세월이었지만 자기 삶을 놓치지 않고 깨꽃 한 송이를 피워낸 것이다. 내면에 물줄기처럼 간직한 언어가 얼마나 맑고 빛나는지 보여준다. 사려 깊고 명확하게 남과 자신을 응시하고 열정적으로 꿈꾼 속내를 느끼게 한다. 우리 사회가 한 여성에게 어떤 모습으로 그 앞에 놓여 있었는지 그의 눈으로 보게 한다. 그가 어떤 선택으로 자신만의 길을 만들어갔는지도 보여준다.

깨꽃은 아주 작지만 바람에 맞서 피어났다. 깨꽃은 오래 머무를 수 없지만 이어질 시간에 힘을 불어넣었다. 작은 꽃잎을 활짝 펼쳐 세상을 당당히 마주 보았다. 새로운 씨앗을 위해 고요히 숨결을 전해주었다. 그 숨이 이렇게 전해졌기에, 깨꽃은 영원히 지지 않았다.

함께 읽을 책

예순 살, 나는 또 깨꽃이 되어 이순자, 휴머니스트, 2022

6장

기억이 눈빛으로 이어질 때

골목 안
빛나는 풍경

인사동에 갔다가 우연히 사진 전시회에 들렀다. 골목을 찍은 고(故) 김기찬 사진작가의 전시회였다. 사진 앞에 바짝 붙어 친근하게 소곤거리는 연인이 있었고, 손가락으로 가리키며 반갑게 이야기하는 중년들도 있었다. 몹시 즐겁고 편하게 말하고 있어, 사진 속에 직접 나온 이들처럼 느껴졌다. "이것 봐! 그때 정말 그랬다니까. 비가 오면 물이 넘치고 그랬어." "여름에 골목에서 대야에 들어가서 물놀이했지." 관객들은 사진을 보며 감탄하고 기뻐했다. 지금과 그때의 현실이 큰 차이가 나서, 단절감이 늘 있어서 그토록 반가운 건 아닐까.

작가는 어느 따뜻한 봄날, 중림동 골목에 처음 들어섰을 때 "아름다웠던 소년 시절을 떠올렸고, 잃었던 고향을 찾은 느낌"을 받았다고 했다. 한순간에 그는 평생 골목 안 풍경을 찍겠다고 결심했다. 사진이 빛을 내며 관객에게 말을 건다. 강아지를 안고 웃으며 계단을 뛰어 내려가는 소녀나, 아이를 업고 우두커니 서 있는 여성의 뒷모습이 눈길을 끈다. 작가처럼 관객도 사진을 통해 그 풍경과 처음 마주친다. 작가는 1968년부터 2001년까지 골목 사진을 찍었다. 스스로 한 약속을 지켰다.

어린 시절, 우리 집 앞에도 골목이 있었다. 친구들과 어울리며 그 골목에서 컸다. "우리 집에 왜 왔니! 꽃 찾으러 왔단다!" 두 패로 갈려 가위바위보를 하고, 구슬치기나 땅따먹기도 했다. 흙바닥에 작대기로 그림을 그렸다. 물총 놀이를 하거나 공기 놀이를 했다. 아침이 되면 이름을 크게 부르며 놀자고 대문 밖에서 소리치는 친구들이 있었다. 우리는 손을 잡고 뛰어다녔고, 때로 큰 소리로 싸웠다.

아버지는 날마다 직장에 출근했다. 검고 헐렁한 가방 속에는 누런 양은 도시락이 있었다. 어머니는 늘 밥을 꾹꾹 눌러 담았다. 아버지는 퇴근하는 골목길에서 나를 번쩍 안아 목말을 태웠다. 어머니는 곤로에 불을 붙여 음식을 만들었다. 어린 동생을 포대기에 업고 손빨래를 했다. 수도가 부엌에 없어서 주인집 눈치를 보면서 그 집에 물을 쓰러 드나들었다. "언젠가는 우리 집이 생길 거야." 부모님은 자주 그렇게 말했다. 나는 아버지가 그려준, 앞으로 생길 우리 집 그림을 가지고 있었다.

우리 집이 생겼고 몇 년 전 그 집은 철거되었다. 부모님은 늙었고 나도 중년이 되었다. 하지만 내 기억 속에는 아이들이 골목에서 활기차게 뛰어놀고 젊은 부모가 열심히 일하며 우리 집을 꿈꾸던 시절이 살아 있다. 그 골목의 기억이 오래 남아 있어서, 나는 다른 사람을 염려하고 친구들을 마음 쓰고, 보살피며 함께할 줄 아는 사람이 되었다. 동네 언니들을 따라 학교에 갔고 동생을 업고 걸으며 세상으로 조금씩 나아갔다. 사진 속에서 언니 등에 업힌 동생과, 동생 등에 업힌 인형처럼, 줄줄이 이어지는 돌봄의 자리에 설 수 있었다. 그 골목에서 꾸지람을 들으며 잘못된 일이 무엇인지 알았고, 무엇을 해야 되는지 익혀갔다. 골목에서 태어난 우리는 골목에서 조금씩 세상 사람이 되었다.

사진 속에는 폐지를 실은 리어카를 끌고 좁은 계단을 올라가는 어른이나, 눈 오는 날에 편지를 배달하는 우편집배원의 모습도 있었다. 부동산 앞에서 손님을 기다리거나 채소를 다듬거나 부업으로 편물을 뜨는 이들도 있었다. 어른들이 끊임없이 일하는 사이, 아이들은 개들에게 먹이를 주고, 집 앞에 엎드려 숙제를 하고, 동생들을 업고, 고무줄놀이를 하면서 커갔다. "훈훈한 인정과 사람 사는 냄새" 때문에 작가는 그 사진들을 찍었다고 했다. 생활의 사진을 가지지 못하고 자신의 사진을 가질 여유가 없었던 이웃들에게 작가는 마음을 담은 사진을 남겨주었다. 가난하고 평범한 사람들의 얼굴을 마주 보고 기록해주었다.

'달동네'라는 말이 유행이었지만 작가는 그 말을 쓰지 않았다. 뭉뚱그린 이름 대신, 그 골목 안에서 꿋꿋하게 삶을 지켜내는 한 사람, 한 사람의 얼굴을 보아주었다. 그렇게 용감하게 일상을 지켜낸 그들이 있어, 골목에는 다음 세대가 자라나고, 아픈 강아지조차 삶을 이어갈 수 있었다. 작은 밥상을 둘러싸고 웃는 사람들의 온기가 있었다. 곁에 있는 이들에게 서로 숟가락으로 밥을 떠먹여 주는 힘에 기대어 사람들은 팍팍한 현실 속에서 자신을 지켜내고 삶을 지켜냈다. 그래서 이 사진들은 보통 사람들의 진짜 삶을 보여주고, 그들의 아름다움을 먼저 본 작가의 따뜻한 시선을 느끼게 해준다.

'근대화의 밑바닥을 버텨낸' 골목은 부서졌다. 김기찬 작가는 자신이 죽기 전에 골목이 끝나는 것을 보았다.

사진집의 뒤쪽에는 부서진 집들의 폐허가 나온다. 철거를 반대하며 싸우겠다는 구호가 붙어 있고, 아이들은 폐허에서도 웃고 있었다. 터를 잃은 어른들은 고개를 숙이고 내일을 준비하고 있었다. 나는 눈물을 흘리며 그 사진들을 보았다. 골목의 온기에 둘러싸였다가 어쩔 수 없이 떠났다. 길마다 굽이굽이 삶이 들어차 있었는데, 매몰차게 골목이 허물어졌다. 우리는 골목을 잃어버리고서도 악착같이 나가려고만 하는지 모른다. 삶을 지켜준 자리를 잊어버리고 끝없이 빛나려고 앞으로 돌진하고 있는지 모른다.

함께 읽을 책

골목안 풍경 김기찬, 눈빛, 2023

그해,
별들의 감옥

열다섯 살 때 우리는 쓸쓸했다. 우리가 좋아했던 국어 선생님은 국가보안법 위반 혐의로 경찰에 구속되고 학교에 없었다. 학생들이 교실 뒤에 있는 낙서판에 쓴 낙서가 빌미가 되었다. 1989년, 전국교직원노동조합이 창립되기 직전이었다. 같은 성씨의 교사들이 많은 사립여자중학교였다. 교단에 선 교사들은 정치 성향에 따라 서로를 헐뜯었다.

우리 담임은 심정적으로 전교조의 편을 들었지만 태도는 우유부단한 편이었는데, 그마저 미운털이 박혀 상대편 교사들의 공격을 당했다. 어떤 교사는 우리 담임을 인신공격하며 우리에게 "민주주의를 밝힌다"라고, "개뿔도 모르는 것들"이라고 이유 없이 욕을 퍼부어댔다. 우리는 맞장구칠 수도 울 수도 없는 어정쩡한 자리에 놓였다. 다른 교사는 "이딴 수업 하기 싫다"라며 수업 중에 교과서를 집어던졌다. 학생이 책을 주워오면 다시 맞은 편 벽에 책을 던지며 싸잡아 욕을 했다. 시험을 보면 우리 반의 성적은 낮았다. 한 교사가 "공부를 못하면 너희들 술집에 갈 거냐"라며 위협했다. 다른 교사는 해직된 교사의 복귀를 위해 단식투쟁을 했다. 동료 교사를 구해보겠다고 수업시간마다 맥없이 앉아 있는 교사를 지켜보는 학생들 마음도 편치 않았다. 더 힘든 건 그 교사의 동태를 교장에게 보고하는 스파이가 우리 중에 있다고 떠도는 소문이었다.

고개를 숙인 채 쓸쓸했다. 우리가 어떤 일을 겪고 무슨 감정을 느끼는지 아무도 신경 쓰지 않았다. '의식화 교사'라고 언론이 떠드는 말에 어른들은 휘말려 학생을 단속하기 바빴다. "수업 때 무슨 내용을 들었냐, 운동권 노래를 어디서 배웠냐"라고 조여왔다. 심지어 "교사 중에도 간첩이 있어 국가 전복을 호시탐탐 노리고 있다"라고 엄포를 놓았다. '정말 누군가가 간첩일까.' 그런 생각을 했다. 서늘한 교실에 앉아 양은 도시락의 뚜껑을 열고 차가운 밥을 먹었다. 밤사이 누가 오줌을 싸고 가서 지린내 나는 바닥을 물청소했다. 학생들은 음악실 책상에 각자 낙서를 했다. 국어 선생님이 보고 싶다고 썼다. 빨리 돌아오라고, 힘내시라고도 썼다. '곳감(교감)은 땡감보다 떫다' 따위의 욕도 썼다. 교감은 씩씩거리며 교사들을 거느리고 음악실을 점검했고, 책상을 아예 까맣게 칠해버리게 했다. 하지만 풀이 자라나듯 그 위에도 낙서가 하나둘씩 쓰여갔다.

나는 교실에 마음 붙일 자리가 없었다. 어항에 빨간 금붕어가 한 마리 있었다. 수업 시간에 어항을 바라보고 있으면 교실에서 벗어나 물속을 같이 헤엄치는 것 같았다. 어느 날 보니 어항이 비어 있었다. 어찌 된 일인지 아무도 없는 밤사이 금붕어가 어항 밖으로 튀어나와 바닥에 떨어져 죽었다. 새카맣게 축 늘어진 금붕어를 손바닥에 놓고 내려다보았을 때 마음속 무언가도 죽어버렸다. 금붕어도 물을 떠날 수 있고 스스로 죽어버릴 수 있다는 걸 처음 알았다. 눈물이 흘렀다. 금붕어가 없어졌다는 걸 어른들은 눈치 채지 못하는 것 같았다.

잡혀간 국어 선생님은 그다음 해에도 돌아오지 않았고 우리는 학교를 졸업했다. 졸업하던 날 반마다 사물함 문은 열려 있었고 교과서는 바닥에 나뒹군 채 찢겨 있었다. 식장에서 '하나님의 은총으로 학생들이 무사히 학업을 마쳤다'는 감사 기도가 앞에서 올려졌다. 내 손에는 졸업생 대표로 읽는 답사가 들려 있었다. 그 자리에 묵묵히 앉아 자괴감에 휩싸였다.

몇 년 전 우편함에 한 작가의 사인이 담긴 책이 선물로 왔다. 『별들의 감옥』은 고경숙 작가의 소설집이다. 삼십여 년 만에 펴낸 첫 작품집이다. 1974년 간첩단 조작 사건으로 작가의 남편은 고초를 겪었고 44년 만에야 무죄판결을 받았다. 그동안 작가가 체험한 국가폭력과 길에 대한 모색이 책에 담겨 있다. "그 참혹하고 부당한 굴레를 단 한 번뿐인 인생 막바지에서 겨우 벗을 수 있었던 게 생각할수록 원통하다"라는 고백이 서문에 실려 있다.

별들이 갇힌 감옥이 있었다. 전쟁과 분단으로 아버지들이 죽은 나라에서, 물려받은 것 없는 헐벗은 자리에서 새로운 시작을 꿈꾸던 이들이 휩쓸려가 감옥에 갇혔다. 푸른 배낭을 메고 도망치는 남편과 그 남자의 아이들을 지키기 위해 감시의 눈길 속에 출근하는 아내. 자식을 염려하며 먼발치에서 애태우는 늙은 어머니. 사회의 복사판으로 비리와 폭력이 판치는 학교에서 생각과 의견을 펼치려 애쓰는 학생들. 작지만 생명력 있는 것들을 짓밟고 모욕하고 꺾어버리는 야만. 그 폭력을 정면으로 응시하고 용기 있게 비판하며 인간성을 옹호하는 작가의 기록은 진귀하다. 그는 사회의 폭력성이 일터와 학교, 일상 곳곳에 미치고 있음을 간파했다. 따뜻한 심지를 담은 눈길로 곳곳의 문제를 직시하고 올곧은 해결을 촉구하며 응원한다.

한편 그것은 그리움이다. 별들이 갇히지 않았다면, 빛을 제대로 뿜을 수 있었다면, 이 세계는 얼마나 더 아름답고 새로워졌을까? 활력 넘치는 상상을 펼칠 수 있었을까? 별이 감옥에 갇히지 않았다면 우리에게 어떤 시간이 있었을까? 국어 선생님은 무죄판결을 받고 기어코 학생들 곁으로 돌아왔다. 고등학생이 된 나는 선생님을 만나러 중학교 운동장에 찾아갔다. 국어 선생님이 교문에서 별처럼 돋아나 이쪽으로 걸어오는 모습을 나는 보았다.

함께 읽을 책

별들의 감옥 고경숙, 개미, 2020

당신의 사투리는 무엇입니까?

대학교에 입학했을 때 만난 한 친구는 고향이 같았다. 가족 이야기를 들려줄 때 그는 사투리를 썼다. 같은 지역의 말이라 편하게 들었다. 그런데 그 친구는 서울에서 계속 사투리를 쓰는 게 편하지 않았나 보다. 얼마 지나자 서울말을 쓰며 화장도 하고 옷차림도 세련되게 보이려 했다. "씩씩한 친구였는데 자기 색깔을 금방 잃어버려 아쉽다." 동향의 선배가 말했다. 어색한 서울말로 추임새를 넣고 비위를 맞추려 애쓰며 대화하는 그와 있으면 어쩐지 부담스러웠다. 객지살이를 하니 뒤처지지 않고 남들 속에 끼고 싶은 마음이야 당연하다. 하지만 사투리를 쓸 때 상대가 내 출신을 알아보고 단박에 얕잡아볼까 조마조마할 때가 있다면 그건 다른 문제다.

사투리를 쓰는 건 어떨 때 불편했다. 옆집과 인사할 때 그 집의 꼬마가 내게 "전라도 사람이에요?" 하며 물었다. 내가 아니라고 대답하려는 찰나, 부모가 당황하며 아이의 머리를 쥐어박았다. "그런 말 하면 안 돼!" 내게 거듭 미안하다고 한다. 나는 질문을 곧이곧대로 들었을 뿐이라 뭐가 문제인지 얼른 눈치 채지 못했다. 사투리를 쓰는 이에게 지역에 대한 편견이 따라붙었다.

동생은 고등학생 때 앞으로 표준어를 쓰라고 교사에게 단단히 훈계를 들었다. "너희가 서울 가서 사투리를 쓰면 말이야, 무시당하고 남이 받을 거 반도 못 받게 될 거야. 돈도 못 벌고. 어! 알아들어?" 동생은 교사가 그 말을 진짜 사투리로 했다며 웃었다. 하지만 학생들에게 앞으로 고향 말을 쓰면 안 된다고, 사회생활에서 불리하다고 윽박지르는 건 우스갯소리가 아니었다. 그 말에는 비하와 열등감마저 숨어 있었다. 자기가 평생 배우고 쓴 말이 남의 말만 못하다고 하면 자신을 존중할 수 있을까. 자신을 자연스럽게 드러낼 수 있을까.

사투리를 쓸 때 온전히 드러낼 수 있는 감정과 자기다움의 속내가 있다. 제주도 여행 때 버스정류장에서 그 지역 아이들의 대화를 들었다. 제주어로 신나게 자기들끼리 말하고 있었다. 귀를 기울이고 있으니 신기하게 말뜻을 알 수 있었다. 한 아이가 옆에 와 있던 개를 발로

차자 옆의 아이가 갑자기 정색을 하며 말렸다. 개를 왜 때리냐고, 짐승이 너보다 약한데 왜 이유 없이 때리냐고, 짐승이 너한테 해코지를 하지 않는다면 절대 짐승한테 함부로 해서는 안 된다고 했다. 그 순간 아이는 엄숙해 보였고 잘못한 친구는 잠잠했다. 그 말은 분명히 제주도의 어른들에게 배우고 익힌 태도에서 비롯했다. 아이들은 무엇을 보고 어떻게 대해야 하는지 지역에서 온전히 물려받았다. 제주어는 품위 있고 당당하게 그 생각을 담는 그릇이 되었다. 그곳에 뿌리박은 지혜는 그 고장의 말로 완전하게 물려질 수 있다.

제주도는 '제주어 보존 및 육성 조례'를 제정해 지역어를 보존하고 전승하려고 했다. 유네스코의 '사라지는 언어' 5단계 가운데 제주어는 '아주 심각한 위기에 처한 언어' 4단계로 분류된다. 사람들이 미디어를 통해 표준어를 배우고 학교에서 정규 교육을 받고 지역 공동체와 멀어지며 지역어는 재빠르게 소멸하고 있다.

말의 모습, 즉 어휘, 장단과 높낮이가 품은 정서는 그 지역 사람들의 마음에서 비롯한다. 지방의 산세와 물빛, 인심과 살림살이가 다 그 말들 속에 들어 있다. 그곳의 사람들이 무엇을 좋아하고 싫어하는지, 무엇을 귀하게 여기고 금지하는지, 함께 사는 약속들도 말에서 드러난다. 사람들이 서로 달라서 관계가 풍요로운 것처럼 말들도 그렇다. 말들은 다르고 다양해야 생명력을 가진다. 다른 사람들의 내력이 담긴 말들이 생각도 넓혀준다. 현기영 소설가는 『제주도우다』에서 표준어로 소설을 쓰는 대신 의성어나 의태어를 제주어로 살려 쓰려고 노력했다. 허수경 시인은 『청동의 시간, 감자의 시간』에서 고향말을 살려 '진주 말로 혹은 내 말로' 시편들을 썼다. 내가 대학생일 때, 작가 지망생들 앞에 선 한 작가가 각자의 고향부터 물었다. 문학 작품에 더 다양한 지역의 사투리가 들어와 기록되어야 한다고 했다.

말은 뒤섞이며 변한다. 내가 고향에 가면 서울말을 쓴다고 타박하는 친구가 있고 서울에서는 나보고 사투리를 쓴다며 웃는 사람이 있다. 서울말은 여러 사람들의 관계를 의식한 단련된 말이다. 상대의 반응을 조율하고 억양이 두드러지지 않아 말하는 이의 감정이 잘 드러나지 않는다. 서울말에는 한 지역에 모여 사는 여러 계층에 대한 예민한 감각과 구분과 공존의 정서가 담겨 있다. 서울말은 "역사적으로 여러 사회 규범의 제약을 받아 순하고 매끄러운 쪽으로 많이 기울어져 왔다고 할 수 있다"(『서울』, 뿌리깊은나무, 1983). 서울말도 상경한 이들의 사투리를 만나 뒤섞이며 변했다. 서울말을 들여다보면 서울이 어떤 곳이었으며 사람들이 무엇을 지키고 나아가고자 했는지 속내를 느낄 수 있다.

김남일 소설가는 오랫동안 노력한 끝에, 근대문학과 장소를 다룬 책을 네 권 내었다. 그 속에 우리가 잊은 풍경이 나온다. 함흥과 제주에서 온 유학생이 뒤섞여 자기 고장 사투리로 시끌벅적하게 떠드는 서울의 교실 풍경이다. 분단되기 전, 실제로 있었던 그 활력 넘치는 교실을 우리는 잊어버렸다. 그때의 모든 사투리를, 동무가 되고 싶어 하는 청년들의 입에서 나오던 그 노래 같던 말들을. 다시 상상해본다. 모두의 사투리가 마음껏 함께하는 교실에서 빛나는 말들이 날것으로 튀어나올 때 누군가는 벌써 친구가 되었을 것이다. 자기가 물려받은 이야기와 물려주고 싶은 이야기가 그때쯤이면 왁자지껄하게 '고향 말로 혹은 내 말로' 곳곳에서 들려오겠다.

함께 읽을 책

한국 근대문학 기행 4부작 - 서울 이야기, 함경도 이야기, 도쿄 이야기, 평안도 이야기 김남일, 학고재, 2023

새로 쓰는 단어장

초등학교 1학년 때 우리 교실 뒤쪽 벽에는 세 개의 칸이 있었다. 칸마다 자조, 근면, 협동이라는 이름이 붙어 있었다. 성적에 따른 학생들의 이름이 분필로 쓰여 있었다. 달마다 치르는 시험 성적에 따라 이름은 자리를 바꾸기도 했다. 자조는 공부를 잘해서 혼자 학습을 할 수 있다는 뜻이었다. 근면은 부지런히 노력하면 더 향상될 수 있다는 뜻이었다. 협동은 혼자서 공부하기 어려우니 여럿이 같이 노력해야 된다는 거였다.

모두에게 버젓이 공개되는 벽이니 학생들은 누구랄 것 없이 자조 칸에 이름을 올리고 싶어 했다. 근면 칸에 이름이 있으면 그나마 좀 나았지만 협동 칸에 이름을 올리는 것은 부끄러운 일이었다. 선생님은 협동 칸에 이름이 있는 학생들을 무시하는 듯 보였고 더 열심히 하라고 닦달했다. 성적순으로 자리를 앉히기도 했는데 제일 앞자리는 난로가 옆에 있어 따뜻했다. 그 자리엔 우등생들만 앉을 수 있었다. 그들은 선생님의 권위를 흉내 내 으스댈 때가 많았다. 다른 학생들이 마룻바닥에 초를 칠하며 쭈그려 청소할 때 교단 앞에서 손가락질하며 서 있었다.

학창 시절로 끝난 일이 아니었다. 학교에 들어가 배운 자조, 근면, 협동의 왜곡된 뜻은 그대로 머리에 각인되었다. 혼자 해낼 수 있는 게 가장 좋다고 여겼다. 부족하면 열심히 노력해 목표를 성취해야 한다고 생각했다. 남과 함께 서로 도우며 일한다는 것은 어쩐지 부끄럽게 여겨졌다. 이어진 시간 동안 그 통념이 더 강화되었지 약화되지 않은 걸 보면, 진학과 취업, 사회생활 모두 최고를 상정하고 앞다투어 목표로 돌진하는 생활이었기 때문이다.

초등학생 때의 그 벽을 문득 떠올렸다. 삶이 빙빙 쳇바퀴를 돈다고 생각할 때였다. 뭐든지 혼자 해내려고 애쓰고, 남에게 한마디 부탁하는 것을 꺼리고, 숨 가쁘게 자신을 채찍질하며 질주하는 게 몸에 배었다고 깨달은 순간이었다. 함께 살아야 하는데, 혼자서 다 할 수 없는데, 어떻게 해야 하는 건지 막막할 때 그 벽에 빼곡히 쓰였던 이름들이 생각났다. 희게 쓰인 글자에 지나지 않았던 이름들. 표어 말고는 아무것도 떠오르지 않는 이름들. 그 시절 처음 만난 학교 친구의 이름들을 하나도 기억할 수 없어서 슬펐다. '우리는 민족중흥의 역사적 사명을 띠고 이 땅에 태어났다'라는 문장으로 시작하는 국민교육헌장이 늘 교과서 앞쪽에 있었다. 선생님은 그걸 외워야 한다고 했다. '국가 건설에 참여하고 봉사하는' 국민으로 키워졌는데, 그건 지금 삶의 문제를 해결하지 못했다.

육아를 하면서, 이웃과 살면서, 새롭게 일을 하면서 돌이켜보았다. 유능한 학생, 직업인이 되라고 훈육되었지만, 삶에서 사람들을 돌보고 살아가는 데는 그런 경쟁의 논리가 쓸데없었다. 남에게 인정받지 않아도 성숙하게 책임을 다하고 보살핌을 나눌 능력이 있는지가 중요했다. 이웃과 섞여 살면서 때로 서로 상처를 주고받아도 잡은 손을 놓지 않고 나아갈지가 관건이었다. 사람들은 혼자서 살 수 없기에 함께 노력해 서로 채워주었다. 오롯이 혼자서 사는 사람은 아무도 없었다. 삶에서 풀어야 하는 진실한 문제를 직면하며 나는 잘못된 단어들의 뜻에서 벗어났다.

한 사람의 삶은 다른 이의 삶에서 비롯했고, 타인의 삶에 영향을 미쳤다. 나의 선택은 나뿐 아니라 나와 이어질 다른 이들의 자리도 요동치게 할 수 있었다. 누구나 다른 이들의 노동에 빚지고 있었다. 대가 없이 받은 보살핌 덕에 생존할 수 있었다. 더 일찍 알아채고 감사해야 했다. 사람은 타인이 없으면 존재할 수 없고 또한 타인을 맞아들이지 않으면 한 발자국도 나아갈 수 없다. 타인과 다른 존재를 돌볼 수 있다는 것은 성장했다는 의미고, 그런 돌봄의 순환 속에 삶의 내력은 이어진다. 문제는 그것이었다. 나와 타인이, 인간과 다른 종이 함께 이곳에서 살 수 있는지.

우리가 이때까지 정의한 근대적 개인의 특권을 넘어 실제 세계로 다가가 그것과 영향을 주고받으며 변할 수 있을까? 나와 나 아닌 것의 경계를 넘어 주고받음이 나와 너를 만들어간다는 사실을 인정할 수 있을까? 그러면 고립 속에서 생긴 자기 비하나 외부에 대한 혐오도 사라질 수 있었다. 우리는 무엇을 위해 열심히 달려온 것일까? 한나 아렌트는 『인간의 조건』에서 '우리가 활동적일 때 우리가 진정 행하는 것은 무엇인가?'라고 질문했다. 우리는 무엇을 행하려고 이토록 활동적이었다는 말인가?

뒤늦게 배워야 했다. 함께 사는 법을 배우지 않으면 결국 이 위태로운 자리조차 원하지 않아도 떠날 수밖에 없다. 아렌트는 개인이 평균화된 삶에 함몰되는 것이 아니라 이 한정된 지구에서 지속 가능한 삶을 함께 누리기 위해 공동의 세계를 회복해야 한다고 강조했다. 계속 질주하는 소비 체제 속에서 지구의 환경은 무너져간다. 더 많이 쓰고 버리는 게 최고라는 체제를 이 땅에 이식하려고 눈먼 근대화는 질주했다.

이제 우리가 단어의 뜻을 완전히 잘못 학습했다는 것을, 그 오판 때문에 내일을 잃고 위태로워졌다는 사실을 인정해야 했다. 혼자 해낸다는 것은 언제나 환상이었다. 더욱 노력한다 해도 목표가 틀린 활동은 더 위험했다. 협동은 인간에게 주어진 운명이 되었다. 협동의 끝에 인간은 가까스로 살아남을 수 있을 것이다. 뒤늦게 다시 마음속 단어장을 뒤적거리며 하나씩 말을 고쳐 쓴다. 살기 위해서.

함께 읽을 책

함께 살 수 있을까 김고은, 북드라망, 2023

녹색병원에서 본 웃음

학생 때 열심히 공부해서 좋은 대학에 가면 성공할 거라는 말을 들었다. 듣지 못한 말도 있다. 대학교를 졸업하면 노동자가 될 거라는 말이었다. 노동자가 겪는 일에는 어떤 일이 있고 어떻게 대처해야 하는지 들어본 적이 없었다. 그렇게 오래 교실에 붙박여 공부했는데도 말이다. 졸업 후 사무직으로 취직을 하고 나서 근골격계 질환이 생겼다. 일터에서 힘겨웠고 일상생활도 불편했다. 〈한겨레〉 신문 귀퉁이에서 산업재해 상담 광고를 우연히 보고 무작정 전화를 걸었다. 일하다 아픈 걸 말하고, 이렇게 아파도 산업재해냐고 물었다. 산재라고 하면 어딘가 겉으로 보이게 크게 다치거나 상해를 입는 거라고 여겼기 때문이다. 내 질문을 듣고 상담원은 바로 "산재입니다" 하고 말했다. 뚜렷한 대답이었다. 그리고 "근골격계 질환은 업무와의 인과성을 입증해야 하는

데 그 과정에서 산재 승인을 받는 일이 쉽지는 않다"라고 덧붙였다. 아픈 게 '산재'라는 사실로 눈앞이 선명해지는 듯했다.

회사에서 일을 하다 멀쩡하던 몸이 아팠다. 손목과 팔이 아픈 게 내 잘못이 아니라 일 때문이라고 여기는 건 중요했다. 그건 비난하는 남들의 말을 인정하고 제 탓을 하느냐, 우뚝 일어서서 아니라고 말할 수 있느냐의 차이였다. 자학을 하느냐, 삿대질을 하느냐의 차이였다. 스스로 실패했다고 여기느냐, 내가 잘못한 게 없다고 주장하느냐의 차이였다. 앞으로 나를 믿을지, 믿을 수 없을지의 차이였다. 내가 아픈 게 내 잘못이 아니라 회사의 잘못이라고 깨닫는 순간, 나는 세상을 다르게 보게 되었다. 퇴사한 회사에 몇 번씩 찾아가 사장이 사실을 인정하게 하고 근로복지공단에 가서 서류를 제출하고 노동과정에 대해 진술을 했다. 다른 회사에 취직해 일하던 중에 그 일들을 처리하는 건 쉽지 않았다. 다행히 새로 구한 직장의 상사가 심정적으로 이해하고 지지해줬다. 그래도 한마디 덧붙였다. "그런 싸움은 이기기 힘든데, 그냥 이전 회사랑 합의하지 그래요." 하지만 이건 나를 위해 꼭 이겨야 하는 싸움이었다.

퇴사한 지 반년 만에 산재 승인을 받았다. 기뻤다. 병원 통원 치료비 정도만 나왔지만, 일을 하다 내가 아프다는 걸 입증했다. 그때 산재 승인을 받은 후 나는 다르게 살 수 있었다. 남의 말에 굴복하지 않고 자신을 믿을 수 있는 사람이 되었다. 주어진 세상을 받아들이는 게 아니라 내가 믿는 세상을 위해 애쓰게 되었다. 구로에 있는 병원에서 치료를 받다가 옆 병상에 있던 산재 노동자를 알게 됐다. 그 소개로 다른 산재 노동자들도 만나게 됐다. 함께 활동을 하고 소식지도 만들었다.

어느 날, 한 산재 노동자의 병문안을 함께 갔다. 그곳은 녹색병원이었다. 환자복 차림으로 병상에 앉아 우리를 맞이한 여성 노동자가 살아온 이야기를 들려주었다. 이곳에서 잘 치료받고 있다면서 "이 병원은 우리 노동자를 위한 병원"이라고 말했다. 제과 공장에서 일하다 허리를 다친 노동자였다. 노동자가 '우리 병원'이라고 편안하게 부르는 곳이 있었다. 그곳에서 그는 눈치 보지 않고 마음 놓고 치료를 받았다. 녹색병원은 원진 직업병 투쟁*의 결과로 세워진 병원이다. 아픈 노동자의 힘으

* 원진레이온 공장에서 쓰인 이황화탄소는 독성물질로, 원진 직업병 피해자

로, 그 곁에 선 사람들의 노력으로 세워진 병원이다.

그 녹색병원이 2023년에 개원 20주년을 맞았다. 병원 로비에 '일상에 건강을, 세상에 가치를!' 글귀가 쓰인 현수막이 걸렸다. 양길승 초대 병원장은 축사에서 "앞에 놓인 숙제가 아니라 우리가 그동안 이루어낸 것을 보자"라고 말했다. 우리가 해온 일이 결국 앞으로의 꿈이 되니까. 우리의 미래는 과거에 우리가 한 일에서 비롯하니까. 삭막한 세상에서 꿈을 현실로 만드는 건 어렵다. 민간형 공익병원으로 녹색병원은 아무도 가지 않은 길을 만들면서 왔다. 꿈을 이룬 모습을 보이려고 하지 않고 꿈을 꾸는 과정에서 사람들이 어떻게 변할 수 있는지 보여주었다. 노동자가 일하다 다치고 아파서는 안 된다고, 돈이 없어 치료를 못 받는 사람이 있어서는 안 된다고, 의료는 모든 사람을 위한 일이라고 세상에 알렸다.

그곳에서 다시 앞에 선 노동자들의 웃음을 보았다. 녹

들과 가족들은 보건의료인과 사회 운동의 지원을 받아 1988년을 기점으로 투쟁을 시작했다. 올림픽 성화봉송로 봉쇄선포, 퇴직한 김봉환 님 직업병 인정 137일의 장례투쟁 등으로 회사측과 직업병 인정에 대한 합의를 이뤄냈다. 원진 직업병 피해자는 950명이고 그중 사망자는 245명이며 (2021년 기준) 피해자는 더 많다고 추산된다.

색병원에 세워질 전태일 의료센터를 위해 조합원들과 함께 애쓰겠다고 약속했다. 전태일 벽돌 기금에 후원하겠다고도 했다. 외롭게 아팠던 자리에 찾아와, 존중하면서 돌보아준 이곳을 그들은 기억했다. 그 노동자의 웃음이 이십 년 전에 본 여성 노동자의 웃음과 겹쳐 보였다. 그 한결같은 웃음이 녹색병원이 지켜낸 꿈이다. 자신의 노동을 존중받고 함께하는 이들을 믿게 되면, 사람들은 세상을 바꾸어낸다.

세상의 보이지 않는 더 많은 동료를 믿고 녹색병원은 이전처럼 한 걸음 더 나가기를 선택했다. 꿈꾸기를 그치지 않기로 했다. 녹색병원의 꿈은 우리 사회에서 여전히 새롭고 푸르다. 아프고 가난하다고 차별받는 건 당연한 일이 아니다. 일하다 다치고 죽어서는 안 된다. 누구나 존중받을 가치가 있다. 멸시와 조롱 대신, 우리가 스스로 지켜야 할 권리가 있다. 함께 만든 웃음, 함께 디딘 걸음. 녹색병원의 존재는 노동자인 우리를 온전하게 만들어주었다.

함께 읽을 책

생명의 증언 요시나카 다케시, 박찬호 옮김, 건강미디어협동조합, 2017

그 나무의 눈빛

이사 온 집 뒷마당에는 나무가 한 그루 있었다. 플라타너스였다. 빌라 뒷마당은 좁고 여기저기서 버린 쓰레기로 지저분했다. 버려진 것들은 장독, 플라스틱 대야, 밥상, 심지어 이불 같은 것들이었다. 담배꽁초와 유리 조각, 비닐 포장지도 박혀 있었다. 플라타너스는 우듬지 높이가 삼 층 빌라 높이와 비슷할 만큼 혼자 우뚝 자라 있었다. 자세히 보면 흙이 있는 화단이 아니라 그 옆 콘크리트 바닥을 뚫고 뿌리가 나 있었다. 날아가던 씨앗 하나가 우연히 바닥 틈에 떨어져 혼자 쑥쑥 자라난 것 같았다.

나무는 곧게 자라지 않고 비스듬히 기운 채 자라났다. 건물 양 사이에 비좁게 들어앉은 모양새니 햇빛을 받으려고 그런 모습이 되었다. 그래도 쓰레기 더미 같은 마당에서 혼자 제법 큰 자리를 차지해서 얼핏 보면 푸르고 보기 좋은 마당처럼 느껴졌다. 작은방 창문 너머로 잎을 단 나뭇가지가 보였다. 맞은편 높은 건물 벽이나 바로 앞에 난 주차장, 큰 도로와 지나가는 차들, 이따금 담배를 피워대는 사람들을 마주치지 않아도 되었다. 나뭇가지와 잎들이 이를 시야에서 막아주고 눈길을 돌리게 했다. 덕분에 큰길가 쪽에 나앉은 집이지만 풍경이 살벌하지 않았다.

곤란한 점도 있었다. 봄이 되면 꽃가루가 날리는데 눈이 가렵고 콧물이 줄줄 흐르는 알레르기로 식구가 고생했다. 봄이면 창문을 아예 열지 않았다. 나무에 싹이 틀 때 반갑다기보다 걱정이 앞섰다. 한편 폭우가 내리는 날이면, 휘청거리며 자라는 나무가 툭 꺾여 쑥대밭이 되지 않을까 염려도 했다. 위태롭게 마당에서 자라는 나무가 근심도 되었다.

우리 집에 집들이를 한다고 아버지가 왔다가 나무를 보고 인상을 찌푸렸다. "플라타너스는 집에 심는 나무가 아니다. 벌레도 끓고 나무가 나중에 거목이 된다. 큰 나무와 집이 같이 있으면 집이 나중에 쓰러져. 뿌리가 땅속으로 다 뻗어 집을 넘어뜨린다고. 집이 나무를 못 이겨. 얼른 베어내는 게 수다." 톱을 달라고 했다. 나는 작은 톱을 건네며 물었다. "나무로 집이 쓰러져요?" "그럼! 살아 있는 나무를 집이 못 이기지." 아버지는 대뜸 대답하고 성큼성큼 뒷마당으로 향했다. 아직 줄기가 굵지 않아 벨 만한 두께라고 했다.

나는 얼른 아버지를 쫓아갔다. "아버지! 잠깐만요!" 나무를 베어서는 안 된다는 생각이 들었다. 왜 그런지는 몰랐다. "왜?" 톱을 든 아버지는 잠깐 멈춰 이상하다는 듯 나를 쳐다보았다. 얼른 말했다. "지금 베는 건 아닌 것 같아요. 제가 이사 온 지 얼마 되지 않아서 빌라 주민들한테 먼저 물어봐야 할 것 같아요. 어떻게 생각할지 모르잖아요." 아버지는 단호하게 고개를 저었다. "이건 그냥 저절로 자라는 나무야. 주인도 없을 것 같은데." "하지만 나무가 없어진다고 싫어하는 사람이 있을 수 있잖아요." 내 말뜻과 달리 아버지는 곰곰이 생각했다. "누군가가 자기가 심었다고 우기면 곤란하지. 나무는 값이 없거든. 자기가 심었다고 주장하면 그 사람이 부르는 게 값이야." 마침내 아버지는 톱을 놓았다. 나무는 그날 그렇게 살았다.

생각해봤다. 그날 왜 그랬을까. 먼저 떠오른 건 어릴 때 읽은 신화에 나오는 이야기였다. 나무에도 신이 있어서 나무를 해치면 그 신이 노한다고 했다. 나무꾼이 나무를 베어서 벌을 받은 얘기였다. 아버지는 다음날 병원 검진이 예약되어 있었는데, 나무를 베면 동티가 날 것 같았다. 나는 그랬다. 살아 있는 나무를 죽이면 산 사람도 좋지 않게 될 거라는 생각을 은연중에 했다. 어쩐지 나무를 잃고 싶지 않았다. 나무를 나처럼 은근히 좋아하는 이웃이 진짜 있을지도 모른다. 어쨌든 아버지는 입맛이 쓴 듯 아쉬워했다. "내년이면 커져서 못 자를 텐데. 집에 플라타너스를 두는 게 아닌데."

서울의 건물과 건물 사이, 추운 응달 사이에 끼어 있는 플라타너스 한 그루는 오늘도 무탈하다. 멀리서 봐도 담장 너머로 불쑥 솟아오른 나무가 먼저 눈에 띈다. 그 나뭇가지 끝에 불이 켜진 창들이 주렁주렁 매달려 있다. 플라타너스를 보고, 창문의 불빛을 보면 어느새 안심이 된다. 나무의 목숨도 값어치가 있다. 집을 위해 꼭 나무가 희생될 필요는 없다. 한때 사람들은 나무 앞에 줄지어서 그늘에서 자고 나무가 주는 물과 열매를 받아먹으며 살 수 있었다. 나무는 병해충 때문인지 잎이 갈색으로 말라가고 시들시들 마른 낙엽을 떨어뜨렸다. 도심의 오염된 공기와 열악한 환경 속에 나무는 살아내려 애썼다. 최선을 다해 푸른 잎을 틔웠고 산소를 뿜으며 숨 가쁜 호흡을 멈추지 않았다. 신문에서 어떤 가로수가 인간에게 독살을 당하고 어떤 이들이 나무 지킴이가 되겠다고 나서서 가로수를 지키고 있다고 기사로 나왔다.

시인 라이너 쿤체는 「죽어 가는 나무들 아래서」라는 시를 썼다. "우리가 대지를 모욕했다, 대지가/자신의 기적을 회수하고 있다//기적의/하나인, 우리가" 나는 오늘도 눈앞에 기적처럼 우뚝 서서 살아 있는 나무를 본다. 아이가 창밖을 손가락으로 가리켰다. 처음 보는 갈색 새가 창 안을 들여다보고 있었다. 새는 오랫동안 그 자리에서 우리를 바라보았고, 우리도 숨죽여 새를 지켜보았다. 저 멀리서 온 눈빛 앞에서 우리는 나무를 마주하고 있었다.

함께 읽을 책

은엉겅퀴 라이너 쿤체, 전영애·박세인 옮김, 봄날의책, 2022

7장

작은 영혼들이 서로 연결될 때

리어카 손잡이에 걸린 얼굴

반지하에 새로 이사 온 이는 폐지를 수집하는 어르신이었다. 빌라 앞 마당에 리어카가 새로 자리를 차지했다. 날마다 그 안에는 박스며 깡통, 선풍기 같은 물건들이 쌓였다. 어르신은 깔끔해서 다른 주민들이 어질러놓은 쓰레기 더미까지 차곡차곡 정리했다. 풀 한 포기가 뽑혀 있어도 그건 부지런한 그분의 손길 때문이었다. 마당에 물을 뿌려 비질도 했다. 하지만 이웃들의 눈길이 모두 고운 건 아니었다. 빌라 위층의 한 남자는 "바깥에 먼지가 많이 일어난다구!" 하고 일없이 호통치면서 텃세를 부렸다. 어르신은 리어카가 자리를 많이 차지한다고 늘 신경을 쓰던 터라 언짢은 말을 들어도 목소리를 낮춰 그저 알았다고만 대답했다.

리어카를 끌고 골목을 빠져나가려고 할 때 종종 불법주차된 차가 길을 막고 있어 방해가 되었다. 어르신은 자주 난감했다. 한번은 내가 그걸 보고 차에 끼워져 있는 명함의 전화번호로 전화를 걸어 차 주인에게 차를 빼달라고 했다. "곧 나와서 차를 뺄 거예요." 내 말에 어르신은 못 들은 척 고개를 돌렸다. 도움을 받는 게 불편하고, 내 말이 생색내는 소리로 들렸는지 모른다. 나도 떨떠름했다. 하지만 어르신과 마주칠 일은 거듭 있었다. 내가 종이를 묶어 밖에 내놓으면 어르신이 얼른 나와서 노끈을 풀어 종이 뭉치를 리어카에 담기도 했는데 그때 공교롭게 마주칠 때가 있었다. 그 눈빛이 날카로워서 나는 눈을 피했다. 폐지를 수집하는 모습을 들키고 싶지 않으셨던 거다. 다음에는 마주칠 일을 되도록 피하게 되었다.

하지만 또 불법주차한 차가 종종 길목을 막았고 그때마다 어르신은 좁은 골목에서 리어카를 뒤로 한 채 한참 우두커니 서 있었다. 명함도 보이지 않을 땐, 나는 차 번호판의 번호를 큰 소리로 고래고래 외쳤다. 큰 고함에 차 주인이 어느 집의 계단참에서 후다닥 튀어나왔다. "여기에 주차하지 말라고 좀 말해." 어르신이 나한테 채근하고 적어도 우리는 인사를 나눌 정도의 사이는 됐다.

반지하에 사는 어르신은 햇볕이 좋은 날이면 리어카

에 빨래를 주렁주렁 매단다. 러닝, 남방셔츠, 바지 같은 후줄근한 옷들이 옷걸이에 매달린 채 흔들거리며 마른다. 이따금 다른 주민들이 흉을 보며 그 앞을 지나간다. "저런 걸 보기 싫게 밖에 걸어놓으면 안 되지." 밖에서 거리낌 없이 혀를 차는 소리는 사실 집 안에서 다 들린다. 그들은 반지하에 사는 주민이 그 말을 듣고 말없이 가슴 아파할 수 있다는 생각을 안 한다. 반지하에서는 도통 옷이 마르지 않는다. 장마도 길어지니 잠깐 햇빛이 난 사이에 잽싸게 밖에 내놓지 않으면 안 된다. 그들은 대놓고 말은 안 해도 '리어카가 보기 싫고 집값 떨어진다' 같은 계산부터 하고 있는지 모른다.

겨울이 되면 그 반지하 집에서는 인기척이 잘 들리지 않았다. 마을 봉사 단체에서 음식 꾸러미를 전달하고 안부도 살펴보는 모양이었다. 신경 써주는 이웃도 있어 때때로 반지하의 창을 두드리며 "어르신 계세요? 안에 계세요?" 하고 안부를 확인하기도 한다. 옆집에서 어르신이 잘 지내고 있다고 확인해주기도 한다. 나는 빈방에 누워 새벽에 아래층 화장실의 물 내리는 소리, 문 여닫는 소리, 기침 소리를 간간이 들었다. 잘 계시는구나, 싶었다. 추운 겨울에 리어카는 제자리에 놓여 있을 때가 많았다.

아주 가끔 어르신이 내게 말을 붙였다. "남편은 뭐해요? 남편이 아침 일찍 출근해요?" 왜 사람들은 인사를 나누면 남편이 뭐하는지부터 물을까? 나는 사생활을 지키려고 그만 입을 다물었다. 어르신은 더 말을 붙이지 않았다. 나도 더 묻지 않았다.

어르신은 화분을 몇 개 구해 그 안에 씨를 심었다. 호박 넝쿨이 탐스럽게 지지대를 타고 올라갔다. 흰 꽃이 피더니 고추도 여러 개 열렸다. 버려진 꽃다발도 물통에 꽂아 놓았다. 어르신은 고무호스로 물을 푸성귀에 정성 들여 준다. 가을에 마당에는 붉은 고추나 썰어 놓은 무말랭이가 말라 간다. 심고 가꾸고 거두는 일이 몸에 배인 분이다. 어르신은 마치 작물을 보살피듯 폐지를 하나하나 세심한 손길로 고르고 묶고 거둔다. 그 눈길 아래서 폐지나 고물은 마침맞게 제자리를 찾아 앞으로 다시 쓰일 때를 기다린다.

어르신은 오랫동안 바닥의 버려진 것에 눈길을 주었다. 구겨진 종잇조각을 펴고 찌그러진 깡통을 한데 모으고 쓸모 있는 것을 찾아내었다. 호스를 붙잡고 작물을 어루만지던 그 모습으로 아주 오랫동안 뜨거운 길을 걸어왔다. 아무도 모르고 궁금해하지 않지만, 어르신은 분명히 최선을 다해 살았고 지금에 이르렀을 것이다.

『가난의 문법』은 재활용품 수집 여성 노인의 이야기가 담긴 책이다. 2017년 기준으로, 한국의 상대적 빈곤율은 17.4%인데, 그중 65세 이상 노인을 보면 한국의 상대적 빈곤율은 43.8%로 OECD 가입 국가 중 가장 높았다. 사회보험 제도가 정착하지 못하고 노인 노동의 지원이 없는 상태에서 노인의 가난은 여러 구조 속에서 만들어진다. 이 책은 쉬지 않고 일해온 가난한 이농민들인 여성 노인의 가난을 구체적인 경로를 살피며 드러낸다. 어느 날 어르신은 지친 모습으로 말없이 문밖 계단에 앉아 있었다. 리어카 손잡이 너머로 물끄러미 바라보는 아득한 눈이 보였다.

함께 읽을 책

가난의 문법 소준철, 푸른숲, 2020

맥주를 만드는 시간

우리는 함께 맥주를 만들려고 모였다. 먼저 강사가 양조 과정을 설명해 줬다. 효모는 무엇이고 몰트와 홉이 어떤 과정으로 술이 되는지, 얼마나 다양한 맥주가 있는지 배웠다. 지역의 1인 가구 중장년층 몇 명이 서로 만나 인사했다. 지역 의료사협의 실무자와 마을 단체에서 진행한 프로그램이었다. 집에서 고립되지 않게 이렇게 나와 서로 관계를 맺으며 건강도 보살필 수 있었다. 몇 번 본 이들은 비교적 덤덤하게 인사했고 묵묵히 강의를 들었다.

하지만 수제 맥주가 무엇인지 설명을 듣고 직접 그 맥주를 음미하고 말로 맛을 표현하며 대화의 물꼬가 트였다. 오렌지 맛이 난다고, 달콤한 맛, 쓴맛, 감칠맛도 있다고 했다. 나도 한 모금 머금은 맥주 맛을 표현할 단어를 열심히 찾았다. 나는 '작가'라고 불리며 그 자리에 초대받았다. 한 사람이 자기는 평소에 이렇게 마신다며 맥주와 소주를 타서 젓가락으로 찍어 거품이 올라오게 했다. 오늘처럼 술을 음미하며 먹기는 처음이라고 했다. 다른 사람들도 맞장구를 쳤다. 편하게 웃고 즐길 수 있는 자리가 그들에게도 기쁜 듯했다.

비율에 따라 준비한 재료를 섞으면서 직접 맥주를 만들어보았다. 다들 주어진 일 앞에 앞치마 차림으로 재빠르게 움직였다. 비워진 그릇을 얼른얼른 씻고 술이 들어갈 살균된 병을 차곡차곡 늘어놓는다. 누구는 식당 일을 했다고 했고 누구는 건설업에 있었다고 했다. 일머리가 있어 몸들이 부지런하다. 입담이 좋고 씩씩한 사람도 있고, 수줍게 속말을 꺼내는 이도 있고, 괜히 큰소리를 치며 허세를 부리는 이도 있다. 하지만 서로 배려하면서 지나치게 감정에 빠지지 않게 살펴준다. 일하며 한두 마디씩 속 얘기를 했다.

"전라도가 고향이에요. 이제 못 가죠. 우리 집도 없어지고. 전에는 아는 사람들이 있었지만 지금은 다 떠나고 없어요. 할머니, 할아버지 산소에 사십 년 만에 가봤어요. 엉망이죠. 마음이 그렇더라고요." 서글퍼하는 그를 웃겨주려고 옆에서 다른 이가 큰 소리로 농담했다. 우스

갯소리를 일부러 기억해둔다는 이였다.

"청바지! 청춘은 바로 지금이란 뜻이에요. 밖에 비 오네. 이 비는 있으라고 이슬비, 가라고 가랑비, 보라고 보슬비, 자라고 잔비, 피하라고 소낙비……." 그 말을 듣고 "배꼽 그만 빼" 하면서 상대가 웃었다. 그러자 계속 말이 없던 이가 입을 뗐다.

"전 아침에 술 마셔요. 만사 잊고 근심 내려놓고. 전 하루에 두 시간 자거든요. 많이 자도 세 시간. 잠이 가난해요. 열두 시 넘어 자고 세 시 반이나 네 시에 일하러 나가요. 식당일이죠. 그 일도 없었으면 맨날 집에서 술만 먹었겠죠?" 옆에서 "이 사람이 이렇게 자기 얘기를 많이 하는 건 처음 봤다"라며 놀랐다. "전 사진을 잘 안 찍어요. 표정이 어두워요. 보는 사람들은 화났냐고 물어요. 그냥 표정이 그런 건데."

뒷풀이에서 술을 먹고 그가 울기 시작하자 옆 사람이 그만 마시라며 술잔을 치웠다. 그리고 "우리는 한 팀이니까 서로 지켜주자"라고 하면서 손을 꼭 붙잡았다. 그 역시 살면서 큰 아픔을 겪었다. 하지만 이곳에 나와 사람들을 만나면서 자기만 아픈 게 아니라는 걸 알았다고 했다. 자신보다 더 아픈 이들을 만나 얘기한 게 자기 아픔을 보살피는 데 도움이 됐다고 했다. 실직, 이별, 가난, 소외와 병. 몸과 마음의 아픔을 안고 나이가 들었지만 내일을 다시 이야기한다. 울던 이가 낮은 목소리로 말했다. 자기가 연락이 끊겼을 때 의료사협의 실무자가 집까지 와서 문을 두드려 안부를 확인해주었다고 했다.

"이곳에서 제가 믿을 수 있는 사람이 생겼어요. 살아온 얘기도 다 했어요. 내가 어떻게 살았고, 못 배웠고……그런 얘기를 처음 한 거예요. 그 얘기를 들어주더라고요. 말을 해야겠다, 해도 되겠다 싶었어요. 처음에는 눈도 안 마주치고 혼자 있었는데 사람들 만나고 마음 열고 여기 와서 많이 변했어요. 나를 구해줬어요. 지금도 그래요. 지금도 붙잡고 계셔서 제가 이렇게 있을 수 있는 거예요. 제가 믿는 사람이 이 세상에서 딱 한 사람이 생긴 거죠. 그때 그런 믿음이 생기더라고요. 아, 내가 혼자 죽지는 않겠구나. 내가 죽어도 혼자 있게 되지는 않겠구나."

그 말을 듣고 다른 사람들도 함께 끄덕이며 웃었다. 다른 이도 맞장구쳤다. "오기 전 우울했는데 이야기하니 마음이 많이 풀려요. 우리가 웃어야 돼요. 집에 혼자 있으니 너무 쓸쓸했어요. 제가 원래 웃음이 많아요. 집에서 울면서 술 먹는 거랑 여기서 사람 만나는 게 다르잖아요. 우리는 행복해져야 해요. 절대 혼자 울지 말고 걱정하지 말고. 우리는 행복해질 수 있어요."

그날 우리가 만든 게 맥주였을까? 함께 만드는 맥주는 그런 힘이 있었다. 누구나 오늘 그것을 지켰다. 남들이 음식을 권하면 자신도 음식을 권하고, 술잔을 받으면 자신도 술을 따라주고, 질문에 눈을 마주하고, 굳은 표정을 풀고 웃음을 지었다. 그 힘이 자신뿐 아니라 다른 이도 살려주고 있었다. 보이지 않고 여리지만 굳센 힘을 모두 가지고 있었다. 싹이 튼 보리가 몰트가 되었고, 몰트와 홉이 효모와 물을 만나 오래 기다리면 술이 되었다. 언젠가 함께 마실 맥주의 이름은 '가로등 꽃 필 때까지'로 정했다. "저 밝지요? 그렇죠? 원래 밝은 사람이었어요." 그곳에서 활짝 웃는 사람이 있었다.

함께 읽을 책

매일 의존하며 살아갑니다 도하타 가이토, 김영현 옮김, 다다서재, 2019

돌아오기 위해 떠나는 여행

책 모임을 하는 이웃끼리 소풍을 가기로 했다. 다들 바쁜 이들이라 모처럼 소풍을 간다 해도 시간이 빠듯하다. 아침에 지하철역에서 만나서도 방금까지 하다 만 일을 입에 올린다. 멀리도 못 간다. 대중교통으로 후딱 다녀올 수 있는 곳으로 정했다. 그래도 나는 소풍을 은근히 기다렸다. 집안일과 돈벌이의 지겨움에서 벗어나 친한 이웃끼리 탈출하듯 떠나는 잠깐의 나들이다. 은평 한옥마을로 향했다. 좋다는 말만 들었지 아무도 가본 적 없었다.

지하철을 타고 버스를 갈아탔다. 정류장에 내리니 바로 한옥마을 입구가 나온다. 새로 지은 한옥이 즐비하고 한옥들 뒤에는 큰 산들이 우뚝하니 줄지어 늘어서 있다. 나는 맘껏 경탄하고 싶었다. 놓칠 새라 후닥닥 사진부터 찍었다. 세 명이 왔는데 다 같이 찍을 수 없어 둘씩 서로 찍어주었다. 사진을 찍고 나서 어슬렁거리며 걷기 시작했다.

무슨 말을 할까. 서로 말을 아끼며 조심하는 눈치였다. 생활의 군더더기를 묻히지 않고 산뜻한 시간을 보내고 싶다. 푸른 나무와 하늘, 흰 구름에 어울리는 말을 고르는 것이다. "이곳에 사는 사람들은 이런 경치를 매일 보니 좋겠죠?" 같은 말을 추임새로 하며 조용히 걷는다. 가벼운 말, 맘속까지 후비지 않는 말, 남기는 걸음처럼 잠깐 머물렀다 곧 지워질 말, 걱정의 추에서 벗어나 풍선처럼 둥둥 떠가는 말. 그러다 보니 말들은 띄엄띄엄해지고 겉치레에 가깝게 들렸다.

대신 사진을 찍고 색깔을 감탄한다. 우린 알고 있다. 이 순간도 금방 흘러가버린다는 걸. 아이들이 십여 년 사이 훌쩍 커버린 것처럼, 늘 기운찰 것 같았던 몸에 주름이 느는 것처럼, 이 풍경도 금세 사라져 기억 속에만 남는다는 걸. 아무리 사진을 핸드폰에 저장해놓고 보고 또 보아도 지나간 시간은 돌아오지 않고 그리움만 키운다는 걸. 그래서 우리에게 남아 있는 건 언제나 곧 사라질 현재뿐이라는 걸 우린 안다.

그래서 우리는 서로에게 너그럽고 조금은 마음을 닫

는다. 서로를 용서하게 되고 자신의 문제는 쉽게 발설하지 않게 된다. 타인을 기꺼이 돕고자 하고 자신의 문제는 스스로 감당한다. 웃고 인사하고 나서 입술을 꽉 깨문다. 청춘과 육아의 시간을 함께 보낸 이웃은 서로의 목격자이기도 했다. 고민을 들으면 문제를 해결할 궁리를 하느라 같이 머리를 짜내 고만고만한 조언도 해주었지만, 이제 서서히 말을 잃어갔다. 새로운 문제들이 닥치지만 이전처럼 놀라워하거나 허둥대지 않았다. 아이들이 사춘기를 지나면서, 엄마 역할을 하느라 고군분투하면서, 더 치열해지는 경쟁 사회의 언저리에서 묵묵히 일하면서 말을 잃었다. 사회에서 자기의 몫이 작다는 걸 눈치 챈 탓도 있었다.

멋진 점심으로 만사를 잊고 싶었지만, 샐러드와 스파게티 한 접시에 붙은 비싼 가격표를 보고 다 같이 망설였다. 이 가게에서 나가니 마니 하고 셋이서 옥신각신하다가 다른 마땅한 식당이 근처에 없어 엉거주춤 자리에 앉았다. 활기차게 커피를 마시며 느긋한 수다를 늘어놓는 번드레한 사람들 틈에서 우리는 어쩐지 몸에 맞지 않은 옷을 입은 듯 궁색하게 끼어 앉아 있었다. 마음은 벌써 하다 만 작업, 집에 쌓인 일로 돌아가 있다. 식사 후

조금만 더 둘러보고 소풍을 끝내기로 했다.

평지에서 비탈길로 올라갔다. 사람 없는 한적한 자리에 솔바람이 분다. 오래된 무덤가였다. 늘어선 나무들 사이에 우리가 서 있다. 걸어온 길이 눈 아래에 보인다. 주변은 조용했고 우리는 가만히 있었다. 문득 나는 이 순간이 소중하다는 걸 알았다. 각자가 온전히 혼자였다. 마음이 쉬고 있었다. 나는 애쓰고 싶어졌다. 이 순간을 오롯이 우리의 것으로 만들기 위해 노력하고 싶었다. “제가 시 한 편 읽어드릴게요.” 마침 가방 속에 있던 시집을 꺼내 펼쳐 들었다. 나는 오래된 친구들 앞에서 처음으로 시를 소리 내어 읽었다. “……어머니와 같은 지극한 이들이/저 남녘 끝에서 저 대륙 끝까지/냉이 뿌리나 쑴바귀마냥 끈질기게 살아/오늘도 서로를 따뜻이 껴안으며 살아가고 있으니/너무 외로워 말자.”(송경동 시, 「당가(黨歌)」)

한 명은 그루터기에 앉아 아래를 내려다보고 한 명은 우두커니 서 있었다. 시를 다 읽었는데 모두 한참 말이 없다. “좋네요.” 고개를 돌려 웃으며 말하는 얼굴에 눈물이 맺혀 있었다. 그 순간 나는 이 시가 우리를 다른 곳으로 데려다주었다는 걸 알았다. 일상의 껍질을 지나쳐 가장 순수하고 여린 마음의 맨바닥에 가닿게 했다는 걸 느꼈다. 다시 긴 침묵이 흐른 다음, 속말이 꺼내졌다. "실은 가까운 가족이 최근에 세상을 떠났어요. 그러고 나니 아등바등하며 사는 게 '이게 다 뭐라고……' 싶어졌어요. 이제 나한테 남은 인생을 무엇을 하며 살지, 어떻게 의미 있게 살아가야 할지 숙제처럼 앞에 놓였어요." 우리는 침묵이 다할 때까지 침묵했고 그 자리에 함께 있었다.

돌아오는 길에 버스 창밖으로 칸칸이 물러나는 산을 보았다. 늘 그랬듯이 우리는 돌아간다. 하지만 일상의 덕지덕지한 말들을 헤치고 삶의 민낯을 꺼내 보여주는 시처럼, 우리는 평범한 나날 속에서 우리가 간직하고자 애쓰는 그 무언가를 마주하고 용감하게 자리를 떠나지 않고 지키며 앉아 있었다.

함께 읽을 책

꿈꾸는 소리 하고 자빠졌네 송경동, 창비, 2022

동네 도서관이 좋은 이유

자주 가는 도서관 로비에는 카페가 있다. 커피를 즐기지 않지만 비교적 싼 값이라 곧잘 주문해 마신다. 집에서 가까운 곳이라 자주 들르게 된다. 집안일을 하다가 그곳에 들어서면 딴 세계에 들어선 것 같다. 갑자기 시야를 채우는 넓고 쾌적한 공간, 경쾌한 음악, 한꺼번에 모여 있는 낯선 사람들. 그 사이에 커피 한 잔을 시켜놓고 앉아 있으면 나도 그들 속에 스며들어 풍경의 일부가 된다.

일상을 떠난 공간이니 고민도 문득 해결될 때가 있다. 바짝 들여다보던 생각에서 한 걸음 뒤로 물러나니 해결의 실마리가 보이기도 한다. 마음이 여유로워졌기 때문이다. 앞으로 무얼 할지, 어떻게 나아갈지 가늠하려고 이리저리 생각도 해본다. 창밖에 줄지어 선 푸른 나무들이 보여 숨통이 트인다. 해가 잘 드는 날은 상쾌하고 비가 오면 차분해진다. 잠깐 숨을 돌리는 이 시간이 프리랜서로 바쁘게 지내다가 맞이하는 호젓한 휴식 시간이다.

사람들의 대화 소리도 간간이 들린다. 대부분 나직하게 이야기하지만 때로 자기 속을 풀어놓느라 목청을 높이는 사람들도 있다. 눈총 주는 이는 별로 없다. "감기를 오래 앓고 나서 내가 나이 들었다는 걸 알았어." 쓸쓸하게 말하는 중년이 있으면 그 앞에서 고개를 끄덕이며 잘 들어주는 이웃이 앉아 있게 마련이다. 이야기는 끝도 없이 이어진다. 뜨개질감을 가방에서 꺼내 줄곧 손을 놀리는 젊은이도 있다. 이어폰을 귀에 끼고 노트북을 들여다보는 이도 있다. 단골들은 어느새 눈에 익었다.

이곳이 좋은 이유는 다양한 사람들이 한곳에 모여 있기 때문이다. 어린아이를 업거나 안은 부부가 와서 편하게 차를 마신다. 장애인이 활동 보조인이나 가족과 오기도 한다. 노인들이 또래 친구들과 모처럼 만나 얘기하기도 한다. 인터넷 강의를 듣느라 골몰한 이가 있는가 하면 도서관에서 빌린 책을 펼쳐 들고 골똘히 읽는 이도 있다. 다양한 이들이 어울려 앉아 있는 모습이 신기해 자주 쳐다보게 된다. 공공도서관에 있는 이 카페는 말하자면 공공카페 같아서 누구나 와서 눈치를 받지 않고 원하는 만큼 실컷 있을 수 있다.

이곳에 오면 동네 친구를 우연히 만날 때가 있다. 즉석에서 이야기도 편하게 할 수 있다. 일상에서 쌓인 이야기를 털어버리고 서로 솔직한 고민을 나눌 수 있다. 카페 문을 열고 들어설 때 아는 이가 반겨준다면 좋을 것이다. 그곳에서 웃음을 터뜨릴 수 있고 때로 속없이 울 수도 있기 때문이다. 다행히 이곳은 넓은 편이고 음악 소리도 커서 누가 무슨 이야기를 나눠도 눈에 잘 띄지 않는다. 시각장애인 바리스타들은 경쾌하고 친절하게 차를 내준다. 그중에는 스마트폰 부품 공장에서 일하다 메탄올 중독으로 실명한 노동자도 있었다. 나는 그가 두세 명의 동료들과 어울려 일하며 간간이 즐겁게 웃는 모습을 보았다. 아직 일할 수 있고 일상을 꾸려갈 수 있어서 그는 웃었다. 그 웃음을 보고 나도 어쩐지 위로를 받았고 마음을 놓았다.

이곳은 누군가의 카페가 아니라 모두의 카페다. 우리는 함께 어울려 자기도 모르는 사이 서로 하루하루 버틸 수 있는 일상을 만들어간다. 바리스타가 쪼그리고 앉아 청포도에이드를 만드느라 잘 보이지 않는 포도를 한 알 한 알 따고 있을 때, 그의 일상이 생겨난다. 커피 한 잔에 활짝 웃으며 표정이 풀리는 사람들도 자신들의 일상을 시작하고 지켜간다. 코로나 19 때는 도서관이 문을 닫아서 모두 뿔뿔이 흩어져야 했다. 다시 도서관이 문을 닫는다면 우리는 또다시 흩어져 기약 없이 혼자가 될 수 있다.

2023년 5월에, 마포중앙도서관 도서관장은 구청의 도서관 예산 삭감과 작은도서관 용도 변경 방침을 비판했다가 파면당했다. SNS에 비판적 의견을 올렸다는 게 이유였다. 그가 쓴 『도서관과 리터러시 파워』를 읽는다. "공공도서관은 남녀노소, 이민자, 장애인 누구에게라도 활짝 열려 있고, 도서관이 구축한 어떤 자료를 이용하더라도 비용을 요구하지 않으며, 이용자의 삶 속에서 응용할 수 있는 여러 지식을 나누는 프로그램을 끊임없이 제공하는 곳이다." 지역에 있는 작은 도서관들은 그동안 주민들을 이어왔다. 지역의 도서관에서, 그곳의 작은 장소에서 사람들은 냉정한 시대에 고립되지 않고 만나 안부를 확인하면서 서로 마음을 돌보며 최소한의 사회적 삶을 유지할 수 있었다. 얼굴을 마주할 수 있는 누군가가 있고, 돈이 없어도 시간을 보낼 장소가 있고, 책과 대화가 정신을 채워준다면 건강도 유지된다. 사람들이 연결되고 타인의 말과 글을 거울삼아 자기를 비춰보고 바로 설 수 있는 곳, 그곳이 우리를 살 수 있게 하는 광장의 자리다.

『퓨즈만이 희망이다』(신영전, 한겨레출판)를 읽다가 이 구절에 눈길이 갔다. "사회 구성원 모두는 독립적, 자율적 존재가 아니라 취약성과 불완전성을 본질로 하는 존재이며 따라서 그 취약성과 불완전성에 대해 서로 돌볼 의무가 존재한다." 그러므로 사회는 외부에 대한 개방과 환대로 이루어져야 하며 '돌봄 사회'는 민주주의와 만나야 한다. 일상 속에서 길을 잃고 아프고 외로워질 때도 갈 수 있는 곳이, 만날 수 있는 사람이 있어야 한다. 서로 돌보고 하루씩의 일상을 꾸려갈 때 우리에게는 이 자리를 가능하게 하는 민주주의에 대한 약속이 필요하다. 함께 일상을 버텨주고 혼자 있지 않아도 된다고 곁에 서주는 이들과 이들이 모일 수 있는 공공장소가 필요하다.

함께 읽을 책

도서관과 리터러시 파워 송경진, 정은문고, 2023

그 생명이 내 안에서

병원에서 진료 차례를 기다리며 앉아 있었다. 차트를 들고 바쁘게 오가는 이들이 보였다. 병원은 규격화한 질서가 있어서 환자는 철저히 따르는 위치에 놓이게 된다. 자동문이 열리고 가리키는 방향으로 들어가고 그곳에서 대기하고 의사의 지시에 따르며 복약 지도를 받고 다음 방문일이 잡힌다. 대형 병원은 환자를 기다리게 하기 일쑤고 권위적인 반말을 할 때도 있다. 아기를 낳을 때 나는 의료진에게 웃으며 질문했다는 이유로 "웃어? 아직 웃음이 나오지?" 하는 반말을 다짜고짜 들었다. 산모가 진통을 제대로 겪지 않아 여유만만하다고 꼬집는 하대였다. "환자가 협조를 안 해줘서 더디잖아요." 지시대로 바로 행동하지 못하면 핀잔이 떨어졌다. 몸이 불편하고 긴장해서 그런 건데 굼뜨게 움직인다고 쏘아붙인다. 둘만 있는 진료 자리에서, 위계가 분명한 자리에서, 싸늘한 침묵은 때로 마음을 얼어붙게 했다.

복도에서 앞을 바라본다. 한 이주민이 예약 시간에 늦게 도착했다. 담당자는 약속 시간에 늦었다며 툴툴거렸고 그는 아무 말 없이 진료를 받아도 된다는 허락이 떨어지기를 기다렸다. 그 순순한 침묵이 나는 서글펐다. 자기 사정도 있지만 그걸 말할 자리가 아니라고 생각하는 침묵이었다. 낯선 병원에서 바쁜 틈바구니에서 치료를 받아야 했다. 나는 표정이 굳은 그를 보며 어떻게 살아가는 사람일까 생각했다. 방울 장식이 달린 끈으로 긴 머리칼을 높이 묶었다. 진줏빛이 나는 크고 둥근 구슬 두 개였다. 둥근 것은 보기만 해도 위로가 된다. 가방에 달린 스팽글, 반짝이는 구슬. 나는 그가 그곳을 떠날 때까지 빛나는 구슬을 한참 바라보았다.

가끔은 병원에 있다 보면 바깥을 질주하는 차 소리가 어느덧 깜빡이며 시냇물 소리처럼 들릴 때가 있다. 도로를 달려가는 바퀴 소리가 바위와 부딪치며 흘러가는 냇물 소리로 들릴 때면, 고향 생각이 난다. 진료실 유리창으로 보이는 조각난 풍경은 눈을 파고들었다. 푸른 하늘이나 한 조각 구름, 스쳐가는 새, 건물의 끝부분이 어느새 붙박이로 가슴에 남았다.

또한 병원은 기도하는 곳이다. 앞에 있는 한 환자가 눈을 감고 있다. 손을 모으고 고개를 숙이고 있는 그는 얼핏 보면 잠든 것처럼 보이지만 손끝에 묵주가 들려 있었다. 묵주 알을 더듬으며 손이 조금씩 움직인다. 작고 푸르고 둥근 묵주가 아무도 모르게 돌아간다. 그는 무언가를 위해 기도하고 있다. 두꺼운 잠바, 검은 바지, 겉모습은 평범하지만 무릎에 놓인 묵주가 그가 지금 진짜 하는 일을 남몰래 보여준다. 묵주는 누구도 눈치채지 못하는 아주 작은 움직임 속에 나아가고 돌아오고 있다. 그의 마음이 원 안에 있다.

한 간호사가 들려준 이야기가 생각난다. 한 남자가 교통사고로 저녁에 입원했다. 가망이 없는 환자였다. 그날 찾아온 아내는 다짜고짜 간호사에게 소리쳤다. "어떻게, 어떻게 이런 일이 일어날 수 있죠!" 아침에 남편이 출근했고, 잘 다녀오겠다고 인사했다면서 그날 아침을 이야기한다. 그게 마지막일 수 없다고, 어떻게 이런 일이 벌어질 수 있냐며 외쳤다. 그 앞에 서 있던 간호사가 말했다. "그렇네요……." 그 말을 듣고 아내는 바닥에 털썩 주저앉았다. 그 한마디 말에 그는 통곡을 터뜨렸다. 그 말이 그가 현실을 마주하게 했다. 간호사는 나중에 말했다. 그때 자신은 한 사람으로서 그저 공감했다고. 그 순간 그 자리에 함께 있었던 인간으로서 대답했을 뿐이라고. 아내는 그 한마디 말에 혼자가 아니게 되었다. 혼자가 아니어서 그는 울 수 있었다. 위로를 얻고 용기를 낼 수 있었다. 간호사는 그때 일이 가장 기억에 남는다고 했다.

나는 취재를 갔다가 사랑하는 사람을 떠나보낸 이들과 우연히 식사를 한 적이 있었다. 그때 그들은 쾌활했다. 머리끈을 선물로 받아 좋았다고, 다음에도 달라고 상대를 조르는 이도 있었다. 다음에도 주겠다고, 더 예쁜 것도 많다고 상대는 큰 소리로 떠들었다. 반찬이 너무 맛있다고 더 퍼서 먹겠다고 말했다. 그들은 단지 말하기 위해 말했고 혼자가 아니라는 걸 증명하기 위해 외쳤다. 즐겁다는 걸 드러내려고 기꺼이 떠들썩하게 웃었다. 뭔가 어색했다. 그건 그 웃음 다음에 어김없이 찾아든 바위 같은 침묵 때문이었다. 그러자 그들은 재빨리 화제를 찾아내고 다시 얘기하고 웃었다. 다들 알고 있었다. 침묵, 사랑하는 사람의 부재라는 그 얼어붙은 사실은 늘 곁에 있었다. 침묵은 그곳에 실재했다. 그들이 모여 있을 때도, 혼자 있을 때도, 변함없는 사실과 함께였다. 아무리 밀쳐내도 꿈쩍하지 않는 냉혹한 무게로 침묵은 그 자리에 있었다. 침묵은 그들 안에서 그들 옆에서 끄떡없는 무게를 가지고 존재했다. 그래서 그들은 농담을 하고 웃고 맛있게 밥을 먹고 대화를 하면서 끊임없이 확인했다. 상대가 그곳에 있다는 것, 자신과 마찬가지로 부재의 무게를 떠메고 있다는 것을 확인하면서 그 시간을 견뎌 나갔다.

그 자리에 있었던 들뜸, 의식적인 농담, 웃어주는 배려, 챙겨주는 자상함, 그냥 두는 눈물, 튀어나오는 고함. 모든 것은 단지 살아가려고 애쓰는 일이었다. 침묵에 맞서 한 발자국씩 나아가보고자 하는 노력이었다. 그곳에서 나는 같이 웃었고 맞장구를 쳤고 어리석은 질문을 일부러 했고 졸졸 따라가며 밥을 먹었고 다음에 오면 커피를 타주겠다는 초대에 그러겠다고 무턱대고 약속했다. 사람들은 함께여서 살아갈 수 있었다. 같이 있으면 웃을 수 있고 웃어서 슬퍼할 수도 있었다. 혼자서 사람은 울 수도 웃을 수도 나아갈 수도 없다. 그날 그걸 알았다.

어린 아들을 잃은 로르 아들레르는 『상실 끌어안기』에서 말했다. "이 글은 내가 그 아이에게 준 생명이 내 안에서 이어지기를 바라는 희망을 담고 있다." "이후를 산다는 건 죽음이 버린 공간 속에서 살아가는 것이다." "이후를 산다는 건 세월이 가도 달라지는 것 없이, 이별과 부재, 가슴이 찢어지는 상실감을 표현해낼 말이 없어도 말하게 하는, 아이를 향한 사랑의 힘으로 사는 것이다." 그는 사람들이 겪게 되지만 기록할 수 없는 일을 오직 진심으로 써놓았다. 차가운 병원에서 겪은 일, 살아남고자 혼자 애쓴 아이의 분투, 비인간적인 의료 체계에 대한 분노, 자신과 마찬가지로 희망이 필요했던 의사와 간호사가 건네준 말들, 어쩔 수 없이 죽음을 받아들인 순간, 아들의 죽음 그 이후를 끊임없는 사는 일. 그는 저녁마다 견뎠다. "내 아들은 어디에 있단 말인가?" 질문하면서. 사랑해. 지금 너는 없어. 사랑해. 지금 너는 있어. 사랑해……. 날마다 찾아오는 그 영원하고 둥근 회전의 기도를 남몰래 중얼거리며 그는 이 세상에 섞여 함께 살아가고 있다.

함께 읽을 책

상실 끌어안기 로르 아들레르, 백선희 옮김, 마음산책, 2022

빌뱅이 언덕의 눈물

안동의 고(故) 권정생 작가 집에 간 날, 겨울 빈 들판에 햇빛이 환하게 내리쬐고 있었다. 가진 것 없는 풍요. 가난하고 아픈 몸으로 작가가 집에 앉아 있을 때 그분을 어루만지던 유일한 벗도 햇빛이었을 것이다. 그 햇빛이 유독 따뜻하게 느껴진 건, 사라진 사람들을 모두 만나고 기억하는 빛이 나에게도 그 품을 넉넉히 내주었기 때문이다. "따뜻하고, 조용하고, 그리고 마음대로 외로울 수 있고, 아플 수 있고, 생각에 젖을 수 있는" 집이라고 작가는 생전에 편지에 쓴 적이 있다.

나는 열두 살 때 처음 권정생 작가의 작품 『몽실 언니』를 읽었다. 어쩌다 생긴 용돈으로 서점에 쫓아가 책장 앞에서 망설이고 있을 때 점원 언니가 "이 책이 좋단다" 하면서 건네준 책이었다. 표지에는 아기를 업고 있는 소녀 몽실이 그려져 있었다. 새로운 책이었다. 한국

전쟁에서 몽실이가 어떻게 가난과 고통을 몸으로 겪으며 성장하는지 다룬 내용이었다. 읽고 나서 다른 세상을 엿본 듯 얼떨떨했다. 전래동화나 외국동화만 보다가 『몽실 언니』를 읽고 나서 착해도 사람이 환경 때문에 힘들어질 수 있다는 것, 폭력은 이유 없이 일어나고 사람들은 그 안에서 헤어지기도 우연히 만나기도 한다는 것을 알게 되었다. 하지만 이 동화책은 어른이 된 몽실이가 꿋꿋하게 이복동생 난남이를 보살피고 가족을 챙겨나가는 것처럼 슬픈 일이 있어도 사람들이 따뜻하게 살아낼 수 있음을 알려주었다. 그래서 용기 있게 살아가는 이름 없는 몽실이가 나무 한 그루처럼 다가오는 이야기였다.

어릴 때 그런 주인공을 만난 건 오래도록 가슴에 남았다. 주변의 어른들은 가난해도 인간답게 살 수 있다거나, 북한 사람들도 우리와 다를 게 없다는 이야기를 해주지 않았다. 『몽실 언니』는 우리에게 그 이야기를 해주었다. 반공교육을 받고 입시경쟁에 놓여 있던 우리를 이 이야기는 몽실이가 그랬던 것처럼 업고 품어 주었다. 땀내에 전 척척한 저고리, 절뚝거리고 휘청이면서 걸어가는 이야기에 함께 흔들리며 보이지 않는 소중한 것을 보는 눈을 키웠다.

안동으로 가는 길이 설렌 것은 고향과 가까운 곳이었기 때문이다. 산천과 공기의 느낌이 모두 낯익고 친근하다. 하지만 어릴 때 고향에서 나는 학교와 집을 오가면서, 가족과 친구와 얘기 나눌 새도 없이 부모와 학교가 시키는 대로 밤늦게까지 공부만 했다. 왜 서울에 가야 하는지 모르면서 "시골에서 썩을래!" 하는 협박을 들으며 '좋은 대학에 가면 모든 게 잘 되겠지' 하는 막연한 생각을 했다. 대학교를 졸업하고는 왜 서울에 살아야 하는지 모르면서 도시에 붙어 있으려고 애썼다.

스물세 살, 면접을 앞두고 대형 서점에서 서성이다 우연히 집어든 그림책이 권정생 작가의 『강아지똥』이었다. 서서 그 동화책을 읽다가 눈물을 흘렸다. 강아지똥이 민들레꽃을 아름답게 피우려고 제 몸을 거름으로 녹여 없애는 장면이었다. 꽉 쥐고 있던 주먹이 스르르 풀리는 것 같았다. 무얼 더 가져야 할 게 아니라 더 버려야 할 게 있을 것 같았다. 세상의 말에 혹해서 더 가져야 한다고, 왜 이것밖에 없냐고 내가 주먹을 쥘 때, 비에 녹아내리는 강아지똥의 따뜻한 말이 가슴을 녹였다. 그때 어렴풋이 사람들과 다른 길을 가도 된다고 생각했다.

작가가 생전에 살던 집 인근 폐교를 꾸며 만든 '권정생 동화나라'의 뜰에는 강아지똥이 엎드려 민들레를 바라보는 모형이 있었다. 전시관에는 사진과 기록들, 그리고 교회 회보에 연재되었던 '한티재 하늘'의 원고도 있었다. 손으로 써서 작품을 옮겨놓은 그 회보의 소박한 모양새에 속으로 놀랐다.

김태일 감독은 『한티재 하늘』을 읽고 민중의 세계사를 다큐멘터리로 만들겠다는 영감을 받았다고 했다. 그는 역사적 고통과 아픔을 겪은 사람들의 이야기를 오랫동안 다큐멘터리 작품들로 만들고 있다. 『한티재 하늘』은 아프다고 말하지 못하고 눈처럼 풀잎처럼 스러져가지만 끈질긴 민초들의 삶을 낮은 목소리로 증언하듯 그려낸 작품이었다. 삶이 글보다 더 크다는 걸 알려주는 작품이었다. 전시관에는 권정생 작가의 어머니 사진도 있었다. 두 분은 꼭 닮았다. 평생 그리워하고 사랑했을 마음이 안타깝게 느껴졌다.

권정생 작가의 글이 잘 읽히기만 했던 건 아니다. 나는 작품에 나오는 모성에 대한 강조나 전통적인 가족상에 대해 비판적인 시각을 가졌다. 하지만 전쟁과 가난, 가족의 붕괴 속에 살아온 그분의 삶에서 그러한 가치는 잃어버린 꿈이기도 했다. 산문집 『빌뱅이 언덕』을 보다가, 한 이웃 아주머니의 딸이 '미군 부대에서 위안부로 있다가 어느 흑인 병사와 살림을 차렸다'는 이야기를 읽었다. 기지촌 성매매 여성을 '위안부'라고 이름 붙인 작가의 정확한 시선에 놀라기도 했다. 그는 평화와 평등을 중요한 가치로 강조했다. 드러난 현상이 가난한 이들의 삶과 분단된 나라에 어떤 의미를 지닌 것인지 간파하며 일갈했다. 작가는 평생 가혹한 외로움을 견뎌내야 했지만 '거지 나자로'처럼 그 외로움을 자신의 몫으로 받아들이며 예수가 그랬던 것처럼 세상 살아 있는 것들의 영혼의 목소리를 듣고자 했다. 이제 비어 있는 작가의 방은 차갑고 좁았지만 학생들이 쓴 편지며 꽃다발이 영전에 놓여 있었다. 책꽂이에는 생전에 쓴 동화책들이 꽂혀 있었다.

영혼의 목소리를 듣는 것에서 우린 얼마나 멀어진 것일까. 나는 아직 서울에서 살았고, 아이가 읽지 않아 버려둔 책들 중 권정생 작가의 동화책 『하느님의 눈물』이 있었다. 아이에게 동화를 읽으라고 닦달하며 정작 스스로 동화책에 무심해진 나는 무심코 책장을 넘기다가 문득 멈췄다. 그 작품에서는 하느님도 운다. 하느님도 외로워한다. 심지어 하느님도 하늘에 둥글넓적한 똥을 눈다. 오랜 시간이 지났다. 나는 안 것이 아니라 단지 잊고 있었다. "고통을 겪는 것은 우리 인간만이 아니다. 한 포기의 나무와 꽃과 풀도 끊임없이 시달리며 살고 있다. 그러면서 그들은 억척같이 뿌리를 내리고 꽃을 피운다. 그 누구도 흉내낼 수 없는 자기만의 빛깔로 세상을 밝혀 주고 있다."(『빌뱅이 언덕』)라고 작가는 말했다. 그 동화책에서 개구리는 궁전 관원의 손에 목이 졸려 눈물을 흘리며 죽어가고, 고향을 잃은 수몰민 아이는 꺾인 꽃이 다시 뿌리를 내리길 바라며 땅에 심고, 아기 늑대들은 사람으로 둔갑해 어린이들과 같이 주일학교를 다니고, 토끼는 남의 생명을 해치지 않으려고 차라리 아무것도 먹지 않겠다고 마음먹고는 하느님과 대화하며 어떻게 해야 모두 함께 살 수 있을지 고민한다.

나는 주인 없는 빈방 안에 쭈그려 앉았다. 어른이 되었는데, 아이에게 가난하고 모욕을 당하는 삶을 차라리 선택하고 착하게 살 권리를 빼앗기지 말라는 말을 하지 못하고 있다. 빌뱅이 언덕의 외로운 방에서 눈물을 흘리며 이야기해주던 한 어른이 있어 운 좋게 그 말을 들었는데, 그 말을 다시 아이들에게 전하기를 주저한다.

그때나 지금이나 동심을 살려준 것이 그 골방의 눈물이었다.

뒤늦게 빌뱅이 언덕에 올라가보았다. "선생님은 돌아가셨는데 왜 돌아가신 것 같지 않지?" 함께 간 친구가 말했다. 나도 끄덕였다. 경쟁에 시달리는 어린이들을 그 눈물이 얼마나 안타까워했는지, 전쟁을 벌이는 사회를 얼마나 근심했는지, 모두가 떨쳐버리려는 가난을 어떻게 지켜내었는지, 짓밟히는 이야기들이 빛나고 있다는 것을 알려주려고 얼마나 애태웠는지, 나는 빌뱅이 언덕에서 듣는다. 사람들이 밀치고 '뜯어먹는' 삶 속에 하느님의 눈물이 지금도 끝없이 흐르고 있다는 것을, 나는 이 빌뱅이 언덕에서 때늦은 마지막 수업처럼 배우고 있다.

함께 읽을 책

한티재 하늘 권정생, 지식산업사, 1998

다정한 연결

초판 1쇄 발행 2024년 6월 10일

지은이 안미선
펴낸이 강수걸
편집 강나래 오해은 이선화 이소영 이혜정 김성진
디자인 권문경 조은비
펴낸곳 산지니
등록 2005년 2월 7일 제333-3370000251002005000001호
주소 부산시 해운대구 수영강변대로 140 BCC 626호
전화 051-504-7070 | 팩스 051-507-7543
홈페이지 www.sanzinibook.com
전자우편 sanzini@sanzinibook.com
블로그 sanzinibook.tistory.com

ISBN 979-11-6861-303-4 03810

* 책값은 뒤표지에 있습니다.
* 잘못된 책은 구입하신 곳에서 교환해드립니다.